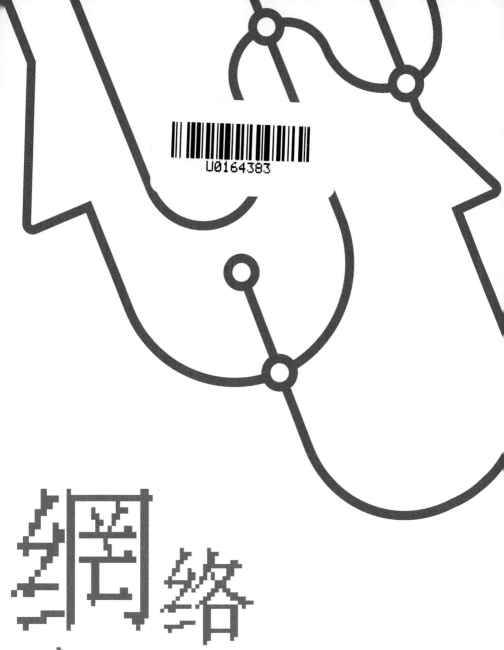

U0164383

網絡之間

之間　伍卓文

通訊網絡連繫情感，亦能切斷友誼。
一言一語，牽引連環事端，
社交媒體，真的能夠聯繫四方？

序

時代進步，科技發達，叫人目不暇給。

一部手機，不出門知天下事，更能相識滿天下。

以往寫信、交筆友、打長途電話，各種通訊軟件、社交媒體、應用程式面世，組成一個個群組和網絡，人的溝通方式徹底改變。

傳統媒體如電視、電台、報章、雜誌……與任何新媒體一樣，是傳播資訊和溝通的媒介，各有特色、好處和限制，本身是中性的，視乎我們如何運用而已。

我們快樂不快樂，知識智慧有否增進，是否交到知心朋友，能否維繫親情與友誼，開拓新天地新視野……完全是發自我們內心的結果。

作者簡介

　　伍卓文，土生土長香港人，成長於八十年代，喜愛閱讀、寫作、旅遊，與所有香港人一樣，熱愛香港這個城市，現為翻譯工作者，曾出版短篇小說《留院記》、中篇小說《暑期工》、長篇小說《我們都是在香港長大的》。

　　本書收錄了十九個微型／短篇小說，探討身處網絡時代，人際關係的脆弱、易變和距離，寫作手法呈現變化多樣，是具有實驗性的一部作品。

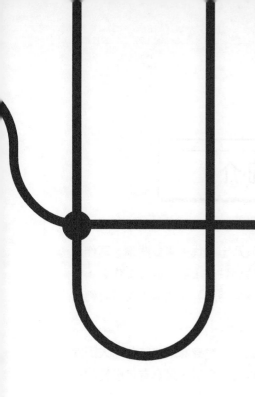

網絡之間

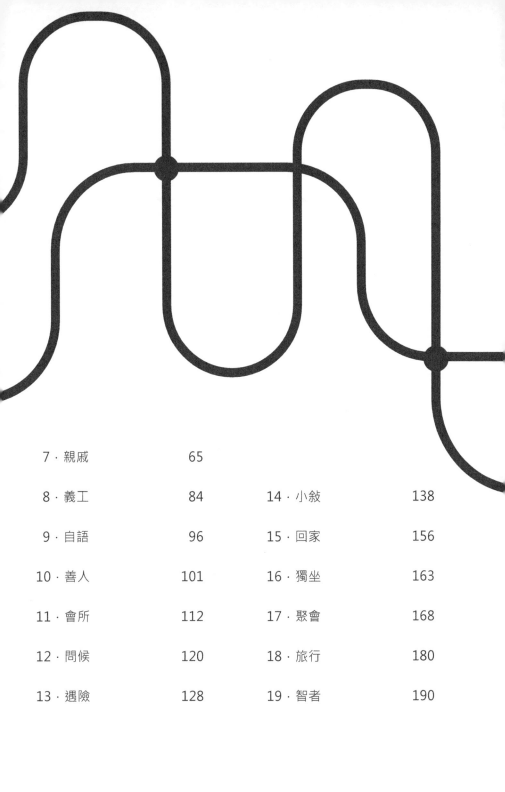

笑臉

一個表情符號，足以令人退出所有群組……

「他怕她不高興，加上一個笑臉表情圖案。」

他打開臉書。

逐個朋友瀏覽：餐廳慶祝生日、一班朋友遠足、遛狗遇到趣事、一大碗雪菜米線、新鮮出爐自製蛋糕……

他看得入神，朋友的生活真精彩，有的一天幾個帖文，不是相識滿天下，就是各地漂亮風景，按讚人數和留言之多，真教人羨慕不已。

他想，誰說網絡世界虛幻呢？以前打電話和寫信，電郵不算特別方便，有了智能電話一切不同，朋友隨時溝通聯絡，不知多省時多方便。

他越看越起勁，絲毫不覺雙眼乾澀。

看到德文班同學梅的帖文。

一個丁香紫色保鮮花心意花環，非常搶眼奪目，予人溫馨親切的感覺。梅寫：「我和朋友的作品。若想幫助有需要的人，可以考慮加入我們喔！」

照片連著一個網頁，他沒有細看。按讚和留言的人很少，本來想表示支持，回心一想，倒不如在群組分享更好。

他和三個女同學相熟，上完初班、中班、高班，在幾個大群組之外，開了一個小群組，方便相約外出吃飯，有時說說生活上無聊事。

他複製了網頁的連結，把它貼在群組上，正想寫幾個字表示欣喜，翻看早前的留言，見她也不少訴苦字句，像「老闆要把人榨乾榨盡才心足」、「快做死了還有沒有更多」、「上班下班，車程加起來接近三小時，我快死了快死了」……有時梅在群組不搭腔不回覆，只得他們三個胡扯一通。

她一向健談開朗，猜想她工作壓力太大，心情不好不想說得太多。他想，她會不會不高興呢？即使和大家分享她的作品？會不會怪他事先不問一聲？會不會怪他過分張揚？照說應該不會的吧，她們也在臉書加了她的，他不過在群組搶先發佈罷了。

他寫：「請看梅的大作。會不會給我也弄一個？哈哈……」

他怕她不高興，加上一個笑臉表情圖案。

群組顯示兩個白剔，即大家都收到了，一時沒有什麼回應。

他放下手機，專注手頭工作。兩個小時後一看，群組顯示兩個藍剔，即大家已看過了，不過還沒有什麼回應，他以為蘭和竹會回個紅色心心。

躲進書房上網購物。

看看手機，群組有人回覆了。

梅本人的訊息：「我和朋友做義工的作品，你竟然覺得好笑？你這個人真的太膚淺、太膚淺！」

他大吃一驚，是他取笑了梅，惹得她破口大罵？是他的用字不恰當？是他附上的笑臉符號？那是一個笑出眼淚的符號⋯⋯

他真的取笑了她？

他冷靜一下。

他想表達對梅手藝的欣賞，也因為大家相熟而開句玩笑，完全沒有取笑她的意思。他應該直接寫她很棒才對？他的表達令她誤會？即使是也不能這樣說，她會覺得他在狡辯，有膽做沒膽認不是男人⋯⋯

他自問從不喜歡取笑人，更加不是什麼膚淺的人，大家認識日子不算短，她真覺得他是這樣的人？

應該怎樣回應才好？

他在群組寫：「Sorry，我不知道這是你和朋友的作品。我只是和大家分享你的作品，沒有任何取笑你的意思。」

群組顯示兩個白剔，暫時沒有人回應。

他坐立不安，不敢去想她有什麼回應。萬一又是破口大罵，他不知道自己是否承受得了。

他越想越是害怕，手指按著群組選項，這時想也不想，按了退出一項，手機顯示確認與否，他立即按了下去。

他想了想，萬一她在德文班群組罵人呢？他迅速打開三個群組，也做了退出和確認兩個步驟。

他鬆了一口氣。

晚上他不大睡得著，翻來覆去想著這件事，忽然好像想到了什麼。

他知道她是熱心腸的人，幾個月前他遇到意外，在群組通知同學未能應試。導師和同學有表達慰問的，但只有她向他個別發短訊：「師兄，你這次應該很嚴重？你要小心保重才好。」他向她表示感謝，也說了一些自己的情況。

不過她也有偏激一面。

就在兩個月前，她們幾個在群組說起，這段日子經濟不好，看來也不會有好轉的一天。他見幾個女孩年紀小，不知道上一輩過的艱難日子，在網上找了一些資料，貼在群組給她們看，又寫：「五、六十年代，市民住在木屋、寮屋、七層大廈，一家十口擠在狹小房間，又和鄰居共用廚房廁所，日子比起現在還要難捱呢。」梅很快回覆：「兩個時代不同，你這樣比較根本沒意思。」

他想，梅不是說得不對，但他不想她們過於負面，於是回覆：「時代不同，難處各有不同，是不能直接比較。我只想說，上一輩的處境那麼艱難，也能夠捱得過去，甚至捱出頭來，我們始終不比以前差，積極面對才會找到出路。」

誰知梅一下子連珠爆發：「你究竟知不知道現實？你是不是在說風涼話？你說以前日子困難，但你知不知道只要肯做，人人都可以掙碗飯吃？不論碼頭苦力、搬運工人、工廠雜工都可以吃得飽！以前有製衣、五金、山寨廠，知不知道養活了多少人？現在本市還有什麼？誰都知道只得那幾個行業，你沒有聽過產業單一化？金融地產保險什麼什麼？」

他很愕然，沒想到幾句鼓勵說話，會招來這麼激烈的反應。他本來不想爭辯，只寫句「謝謝你的意見」算了，但他想她們看得全面一些，於是回覆：「沒錯，以前經濟起飛階段，本地工業非常發達，但有位前輩同事告訴我，以前找份工作非常困難，不是我們想像般容易……」話還沒有說完，他不小心按了發送鍵。

梅立即回覆：「以前擺個菜檔養活一家七口，現在呢？你問問菜販交的租金多少？你沒有聽過地產霸權？」

他耐心回答：「不錯，五、六十年代在街上做小販，在街市擺個魚檔菜檔也可以謀生，但不是誰也有錢買貨擺檔的，還有管小販收的貪污錢呢？你說苦力、搬運、雜工，這些工種一直有，小巴的士司機也一樣。沒錯，整個工業北移之後，製衣五金等製造業式微，但五金等仍有一定規模，製衣的確再沒有工廠妹，是設計學院的學生找熟練女工合作……」

「那有多少工作機會？一百？二百？以前才是百業興旺！」

「我只想說，每個時代都面對艱難，最重要的是那份精神，過了一關又一關……」

「以前是百業興旺，才有所謂獅子山精神。如果是死城一個，你覺得人還覺得有希望？」

「你真的不知道嗎？五、六十年代，香港成了轉口港，好像一下子繁榮起來，但之前發生什麼事？三年零八個月的淪陷，打完第二次世界大戰，整個城市就像廢墟差不多。你說以前各行各業興旺，說得很對，可是社會的經濟結構轉型，某類工種是少了，也會催生新的工種，像你說的金融地產業之類，還有很多以前沒有的呢？譬如美容師、

健身教練、物業管理、物流速遞……會計、保險、法律比以前更專業，有數不清隨著社會進步的行業，各類工程也因基建長做長有，電工裝修也要考試，製作糕點甚至髮型師也有認證，你的花藝不也是一種？我們學的德文呢？許多人在夜校進修不同科目呢？」

「那有什麼用？經濟轉差，失業率還不是一樣高？」

「說到這個，本地有公屋、綜援、公立醫院，是世界其它地方沒有的——除了失業津貼。你可以說，本地有地產霸權壟斷，因為那套沒說出口的高地價政策，可是公屋租金便宜，一半以上市民有安全網，公立醫院有九成半是津貼，不用普羅大眾付昂貴醫療費，還有行之有效的廉政公署。我們說時代不同，也是制度成熟了才有，那個粗糙的時代不會有。」

「環境這麼差，還看到希望，真服了你。」

「我們這一代也經歷過沙士，那時經濟差得不能再差，世界像完全沒有希望，一整條街的零售商舖結業，不要忘記亞洲金融風暴、樓市崩盤有人跳樓、科網泡沫爆破……社會元氣還沒有恢復，但是我們也一一捱過了。我只想說，難處的確是有的，但人不懷抱希望，相信靠自身努力，明天會比今天好，上一代早已全然崩塌，不會有這個繁榮都市了。」

梅回他一隻大拇指。

蘭和竹沒有說什麼。

就像這次。

他甚至不知道，她們看了對話沒有。

他想，是不是那次爭辯？她心中仍然有氣，借故向他發作？

她問候過他，實在不想惡言相向回敬。

他又想，他不應該先說 Sorry。

他根本沒有做錯事。

不過到此為止。

他選擇退出。

上班途中，他收到蘭的短訊：「Hello。」

他回覆：「早晨。」

「梅工作壓力太，心情不好，一時有些失控⋯⋯」

「明白。」

「希望你不要介意。」

她們談過了嗎？

他不知道，也不想知道。

「她不是第一次了。」

「你知道她的脾氣。」

「不想有下次。」

「你還會出來嗎？」

「你、我和竹，沒問題。」

「我們再約。」

「好。」

他回到辦公室，中午同事送上蛋糕，插上三支蠟燭，給他慶祝三十歲生日。他笑得非常開懷，破例加入了同事的群組。

2

舊 友

上網尋尋覓覓，再也找不到昔日舊友……
「老友從不用通訊軟件，發多少個短訊也沒有用。」

老友好像失聯了。

他不是最近發現的。

兩年前，他如常到外地旅遊，以加拿大西岸為目的地。他知道老友住在美國西岸，想順道探訪他一家。

他以電郵通知老友，朋友電郵用了十五年，但平日他不大和老友通訊，聖誕節新年才向他發送電子賀咭，或在他前往探望前通知老友。

老友回覆，暑假很可能陪伴妻兒，問他什麼時候會到。

他查看一下，把機票日期告訴了老友。

老友沒有什麼表示。

他也不以為忤，知道老友一向懶洋洋，有朋友來就會見一下，多年來去探望老友的人不多。

他乘飛機直抵溫哥華，花半天在市內走了一圈，覺得沒有什麼特別，轉乘內陸機前往卡加利，又轉車到度假小鎮班夫。路易斯湖水天一色寶藍，真如人間仙境一樣漂亮。

他在班夫住了一晚。小鎮街道兩旁古色古香，遠望洛磯山脈參天森林，夜裡一片寧靜安詳。

他不禁想，會不會有天移居此地呢？

早上乘飛機到洛杉磯，乘巴士到了市中心，在預訂旅館安頓下來，獨自吃了一頓午餐，又到大街上悠閒觀光踱步。

幾年沒來，即使已來過三次，也要一些時間適應，看到熟悉的店舖和地標，心裡感到陣陣欣喜。

他回到旅館，撥了一通電話。

沒人接聽。

多年前和老友書信來往，可是地址早已遺失，只知道大約在市中心東北，上次他還搬了家，原有房子用作收租，只不過相隔幾條街。

他知道，老友在一家貿易公司工作，以前相約在附近吃飯，不過記不起確實地點了。

他把行李箱的物品取出來，逐件放好在合適的位置，有一瓶在加拿大買的高級楓糖漿，是特地買給老友一家作手信的。

他小心翼翼放回行李箱，怕不小心摔破玻璃瓶子。

電話沒人接聽。

老友從不用通訊軟件，發多少個短訊也沒有用。

也許他正在忙？

他不想在旅館耽著，走進地鐵站乘了幾個站，漫無目的到處走走，

最遠去到帕薩迪納那區，那是靠近老友居住的地方，幾條大街看來差不多，分不清東南西北。他想，就當是觀光的行程吧。

晚上，他在旅館上網找資料。

第二天吃過早餐，他乘公車到聖塔莫尼卡海灘，沿著看不見盡頭的海岸線漫步。海風吹來，叫他感到心曠神怡，海鷗在無際藍天展翅飛翔，像要飛往無拘無束的國度，遠離人間一切繁囂紛亂。

景物與十年前的一樣。

他到了 Staples Centre 附近，隨意到一間餐廳吃飯，吃完了到公園看小朋友嬉戲，看得他不時會心微笑，想起和老友兒子追逐的情景。

黃昏時他又到海灘去，心裡感到一陣蒼涼落寞。走得倦了，他乘車回到 Staples Centre，看了一場精彩刺激的籃球比賽，然後再乘車回到市中心。

他到了中餐館吃晚飯，又撥了一通老友電話。

電話嗚嗚長響。

侍者好奇問他從哪裡來，他如實相告，原來是同一個城市。他說他第四次來，每次都是探望朋友。

侍者很是高興，問他可否合照留念。

他微笑著拍了一張，然後和他握手道別。

他回到旅館，收拾一下行李，原定三天行程，改早一天回溫哥華。

他到教會參加主日崇拜，和新認識的朋友吃午飯。他們叫他將來有空再來參加聚會，又送他教會成立十週年紀念品。

他不禁展露歡顏，謝過他們後出發到機場，飛回原來的城市去。

隔了一段時間。

他坐下來，寫個電郵，通知老友，早前到了加拿大旅行，也在洛杉磯打過電話給他，可是未能聯絡上，問他一切安好否，將來有機會再去探望他。

一直沒有收到回覆，但也沒有打回頭，即電郵還沒有取消。

他頹然，老友不知何故消失了。

那段日子，他非常喜愛旅遊。

三個月後，他買了一張廉價機票，先飛北京轉機飛美國東岸，到紐約看著名的時代廣場、中央公園和大小博物館，然後乘火車到波士頓，參觀茶葉船博物館。那裡的風很大，吹得他有些頭痛，不到黃昏便回到酒店。

他想起老友，寫了一個電郵給他：「小弟身在美國東岸，到過紐約，地鐵又擠又黑又髒，不喜歡，中央公園有很多人跑步。我在波士頓，明天出發去加拿大，回紐約後會參加當地社群活動。不知你在西岸安好否，祝好。」

他乘長途巴士到蒙特利爾，在車上足足呆了七個半小時，他不知道是怎樣捱過去的，途中經過不少中途車站，深夜裡黑衣黑褲華人上車下車，看樣子似乎是廚工模樣。

他疲憊不堪，車子下午出發，凌晨抵達目的地。他發覺只有一間大天主教堂值得參觀，停留一日乘火車到魁北克市。他喜歡這個精緻小巧的城市，法式建築比比皆是，又有幾座古堡式大酒店，像Fairmont Le Château Frontenac。他特地走到聖羅倫斯河拍照留念，又在市內大街小巷漫步閒逛，想起第一次去巴黎的各樣驚喜。兩天過後，他轉到渥太華參觀國會大樓，接著便是多倫多，車程四個半小時，比蒙特利爾那程短許多，不過早上在總站下車後，只到附近逛了一逛，覺得沒有什麼好看，然後乘巴士去看尼加拉瀑布，那萬馬奔騰、川流不息的景象，隨水花四濺幻起的七色彩虹，這個行程再辛苦也算值得的。

他從多倫多飛回紐約，到一間教會參加主日崇拜，熱心信徒帶他參觀圖書館，又和他一起吃午飯，再上一個信徒的家談天說地，聽他們分享異地的不同經歷。

一個愉快的晚上過去，約定日後再見。

回到本市，他寫了個電郵給老友：「朋友，你好嗎？大家相識多年，為什麼突然失去聯絡？是不是家裡有事？是不是小弟說錯了什麼？若有，請說出來，大家可以談談。」

沒有回音。

他如常發送聖誕賀咭。

相信不會回覆了。

很久很久以後。

有天想起舊友。

　　他在 Google 輸入名字，加上地名洛杉磯，嘗試搜尋地址所在，百多項結果全部不對，再試幾次，發現幾個偵探式網站，似乎具備強力搜尋功能。他輸入姓名和地名，加上舊友所住區段搜尋一下。

　　意想不到，居然有舊友姓名，家庭成員如父母，妻子和年紀，跟真實的看來非常相似。

　　他不禁大喜，把連結複製到地圖，用 3D 街景仔細的看，但不大肯定是否那所房子。

　　網頁聲稱有全面結果，只要填妥信用卡資料即可。

　　他猶豫不決，是不是詐騙網站呢？乍眼一看，倒也不像假的。他舊友的資料已顯示一半，莫非只是強力搜尋器，得到的資料比常人多，一旦輸入信用卡資料，即時吞噬所有信用額？

　　抑或，輸入信用額低的卡號？

　　個人資料可能不保？

　　他輸入卡號幾次，幾乎就要按下去，一按可能知道舊友所在，也可能釀成個人財務災難。

　　過幾天再試，結果也差不多。

　　他拿不定主意，鍵盤輕輕一按就成，可是終究放不下心。

　　況且找到了又如何？收了信可不回信，親身再去也可拒諸門外，老友若決心迴避任何人，沒有人能夠阻止。

　　他決定放棄。

　　過了很久，他忽然想起，他舊友兒子有個英文名字。

　　他在臉書輸入資料，加上地名洛杉磯，皇天不負有心人，他看到一張熟悉的臉孔，正是舊友的寶貝兒子。

　　頭像是初中相片，樣子和爸爸一模一樣。

　　他進入他的臉書細看，公開顯示的是中學生活照，和一班同學笑得燦爛地拍的。

　　沒有父母照片。

　　他不敢驚動少年人，沒有要求加入做朋友，怕幾年過去記不起自己。

　　他瀏覽一下他的朋友圈子，百多個人全都是朋輩同學，似乎他父母不喜歡即時通訊科技。

　　有天忍不住再看，一些普通帖文只有幾個讚，他再次逐個仔細看看，看到一個卡通人物，那名字是舊友太太的英文名，加上舊友姓的一個組合。

　　這個用戶沒有帖文，不能加朋友和即時通訊，也不能下載頭像相片，只在舊友兒子的初中畢業照上留言：「為你驕傲，愛你！」

　　他相信，這就是他的舊友。

　　他感慨萬千。

　　過了一段日子。

好奇心起，他再次搜尋舊友兒子。

頭像圖片是一家三口，他的舊友、太太和兒子，挤在一起拍的照片。

他的舊友笑容滿面，模樣看上去差不多，兒子拿著生日蛋糕，也笑得滿心開懷，他媽媽一貫帶些內向，乾瘦的臉上有愉快的微笑。

他終於看到舊友。

他為舊友感到高興，他已經找到安身之處，他已經有了新的生活。

他看了好一會。

他把搜尋結果刪除。

然後輕輕關上電腦。

3

探訪

一句說話，友誼就此破裂……

「他覺得喉嚨像鯁住，呼吸不大暢順。」

「到了沒有？」他發短訊問朋友。

「沒有，我出門不久……」

「懂得路嗎？」

「你再說說……」

「你乘巴士？地鐵？」

「巴士要多久？」

「你乘 33A，不是總站下車，大半個小時吧。」

「巴士多……」

「計及等車時間，一個小時左右。」

「直到你家？」

「車站就在對面。」

「地鐵呢？」

「你到大窩口站，乘三個站到荔景，轉東涌綫到南昌站。」

「要多久？」

「地鐵很快，不過十五分鐘。」

「我要走十分鐘。」

「慢著，你……」

「剛才在巴士站。」

「你穿過幾幢工廈……」

「正在走向大窩口站。」

「好，半個小時後見。」

他收拾一下家居，洗了兩個杯子。

電話傳來短訊。

「我到了南昌站，哪個出口？」

「D1 深旺道出口。」

「啊看到了，我上了樓梯……」

「你過馬路，沿著南昌公園走，即深旺道，然後往聚魚道走，到了詩歌舞街，會看見一座高而直的樓宇。」

「救命，走這麼遠……」

「不遠，十分鐘到了。」

「不是深水埗？荃灣綫更近？」

「靠近太子。」

「呸，你怎不叫我直到太子站？」

「沒來過很容易迷路。」

「我正在迷路⋯⋯」

「不會，你一路往前走，不消一會就見到了。」

「你住的地方⋯⋯叫什麼名字？」

他告訴了她。

「啊見到了。」

「我來接你。」

他到了地下正門，望出去不見有人，推門出去走了兩步，見到她正遠遠走過來。

他朝她揮揮手。

她個子矮小，一身簡便短衣短褲，頭髮濃密而短，頭上拱起一個小團，使她看來不那麼矮小。

她一臉是汗。

「我走錯了路，拐了兩個彎，才看到前面的路⋯⋯」

「你第一次來，換了是我，也會亂走一通。」

「不好意思⋯⋯」

「不要緊,上去吧。」

他們乘電梯到了平台。

「屋苑不大,這邊是草坪,有幾張長櫈,也有滑梯和小噴水池,大人小孩嬉戲尖叫,老人家散散步坐著聊聊天⋯⋯」

「一個小小泳池,深度一米二,半圓形位置水深更淺。家長帶小孩來玩水,前面橢圓形小按摩池,小孩最喜歡來浸泡泡,樓上也聽到他們咯咯的笑⋯⋯」

「環境不錯啊。」她說。

「到會所看看?」

「也好。」

他刷卡進了會所,走下一層,說:「屋苑會所不大,右邊有閱讀室、桌球室、活動室、小小電影院,左邊是鋼琴室和室內兒童玩樂場⋯⋯」

他們又走下一層。

「那邊是健身室,裡面有更衣室和浴室。」

「這邊是休閒空間,一張長桌和半圓形軟墊長椅,朋友坐著談天說地也不錯⋯⋯」

他們回到平台。

「就是這樣,」他邊走邊說:「基本設施齊全,但不能與大型屋苑相比。」

「很不錯啦，」她故意擠起五官，做個古怪表情，說：「我只有閱讀室和桌球室。」

他帶她進了大堂。

保安員對他笑了笑。

到了十六樓，他開門讓她進去。

她坐下來。

「開不開冷氣？」他問。

「開窗更好，自然風很舒服。」

「開風扇吧，」他說：「喝點什麼？果汁？汽水？」

「蘋果汁？」

「有。」

他斟出果汁，放在桌子上，然後坐下來。

「你和家人住？」她望望大廳，也看到有兩個房間。

「我媽和妹，」他說：「大房間是她們共用的，小房間當然是我的。」

她望了望大廳：「裝修很雅致，牆身淺色，深棕色櫃子綠色磨沙玻璃，沙發淺棕色，餐桌淺綠底玻璃，桌身和腳也是深棕色……是不是一套定做的傢俱？」

「裝修由設計公司負責，傢俱我們自己買。」

她坐到沙發上，說：「很舒適！」

他也坐到窗台前：「不是什麼皮製品，也不會太柔軟，那些坐得久了腰會痠痛……我在大型連鎖店買的，覺得椅背椅墊軟硬適中。」

「桌椅容易買，最怕是大型家電……」

「廚房和洗手間不用裝修，洗衣機在廚房。」

「多好，不用煩，」她笑：「我那個單位全包。」

「是嗎？」他感到驚異：「有這樣的事？」

「賣大包。」她笑言：「說笑而已，我的單位是貨尾。」

「那次你找我……」

「是啊，我叫你來幫忙看看。」

「那時已經是現樓了。」

「低層一個單位。」

「那道走廊很長，走進去像酒店。」

「是有些像，」她笑起來：「我喜歡那個格局。」

「你不是說，你還沒想清楚？」

「地產代理找我，」她說：「說有九折優惠，清貨大減價，七樓有個一人單位。我想了想，很快簽了臨時買賣合約。」

「你聯絡了銀行做按揭？」

　　「當時沒有，」她聳聳肩說：「我大約付得起首期，學校圖書館那份工收入也可以……」

　　「事後呢？」

　　「銀行計算過，攤分二十年，供款沒有問題……」

　　「你這樣買樓！」他瞪了瞪眼，說：「買樓不是買棵菜！你知道嗎？做不成按揭，訂金會全數沒收！」

　　「沒想到這個，」她咕咕笑：「我只是大概，我覺得過程算是順利。」

　　「那是幸運，」他啼笑皆非：「買樓置業是人生大事……」

　　「我爸媽也不知道，」她仍是笑：「有什麼事，找你們幫忙就可以。」

　　「日常事是小事，買樓可不同，下次有什麼重要的事，要想個清楚明白才好。」

　　她哈哈的笑：「說起來真謝謝你，幫我整理了一半目錄，又替我想個劇本出來，那群學生不知多開心，你還不時替我修改英文信件……」

　　「老葉也有幫忙。」

　　「你媽和妹呢？不在家？」

　　「她們約了舊街坊喝茶。」

　　她看看手錶：「時間差不多，我要走了。」

「有空和老葉一起吃飯吧。」

「她很忙，」她說：「我問問她。」

「你去哪裡？」

「回家去，有一堆公事等著做。」

「懂得回家的路？」

「我坐巴士，」她說：「我想坐著歇歇。」

「車站就在對面。」

「你也想想吧。」她說。

「想些什麼？」

「你經濟條件不錯，負擔得來的話，可以買個單位自住。」

「才供了三年……」

「這裡只夠一個人住！」她轉身直望著他，說：「你也想你媽和妹住舒服些吧！」

「嗯……」他頓了一下，說：「我再想想。」

「你慢慢想，」她笑笑說：「車子到了。」

「再見。」

　　他望著她上了車，在下層座位坐下，臉上沒有什麼表情，矮小身影在車廂中變得模糊難辨。

他默默沿原路回去。

開門進去，收拾杯子，坐下來開了音響。

他沒有說話。

他覺得喉嚨像鯁住，呼吸不大暢順。

媽和妹回來了，帶來炒飯和點心，興致勃勃問他吃不吃。

他搖搖頭。

他看著手機，按出聯絡人，一下子把它刪掉。

稍後收到短訊。

他即時刪去。

又有幾個相同號碼短訊。

他終於按捺不住。

同樣以 SMS 回覆：「這個號碼的機主，勿再發短訊到本人手機。本人不勝滋擾，再有同樣情況，將向警方報案處理。」

以後再沒收到一個。

一次乘西鐵到天水圍，探望一個剛病好的朋友，回程彷彿見到一個矮小的身影，坐在靠著長玻璃的位置。她遠遠好像已見到他，臉上表情彷彿柔軟下來，也像帶著幾分歉意⋯⋯

他直走而過。

十幾個車廂之後坐下。

假日人多，乘客湧進擠滿的車廂。

他打開手機聽音樂。

到站直走回家。

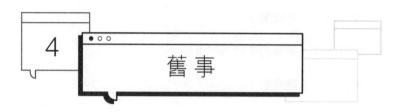

4 舊事

喧嘩熱鬧，不及一刻交心……
「……又著小陳不要告訴任何人。」

「我升職了，請大家吃自助餐。」黎女士在群組拋下一句。

「實至名歸！」雷達寫。

「了不起！」小陳寫。

「努力成果，加油！」粘米寫。

「坐直升機！直上總部做老總！」肥仔一號寫。

「要記得我們呀！」肥仔二號寫。

「恭喜。」慢之寫。

同事的訊息色彩繽紛，有滿天碎花、金色香檳、動態讚好拇指、紅色閃亮大嘴唇……看著覺得真熱鬧，好像派對已經開始似的。

「大家有什麼建議？」黎女士問。

一時沒有回覆，感覺是不好意思說。

「十月中？」黎女士問。

有人說行，有人說不行，短訊來來往往，最終定在十二月。

「尖沙咀方便嗎？」

大家沒有異議。

黎女士預訂了酒店自助晚餐。

不到一個星期，慢之說有任務在身，約定的那天不能來。

「一月？」

有人說行，有人說不行，短訊來來往往，最終定在二月。

「大家各有各忙，想約齊大家也不容易……」黎女士附上滴汗圖案。

一月，公司發出內部通訊，列出辭職同事名單，也有一連串人事調動。

「肥仔二號，你辭職？」雷達率先喊出來，附加一副顯微鏡。

「是啊是啊……」他也滴汗。

「你捨得我們？」粘米問，流下一滴眼淚。

「做了兩年，始終不大適應……」

「別走啦，你帶給大家許多歡樂。」黎女士插嘴說。

「實在是不好意思……」他向大家敬禮。

「謝謝你的幫忙呀。」慢之雙手合十說。

「別客氣、別客氣⋯⋯」

「一路順風。」肥仔一號四個字。

有天，小陳收到肥仔二號短訊。

「大哥，你下星期六有沒有空？」

「什麼事？」

「我轉了工，學院開始收生，很快會分身不暇。我問過其他人，自助餐可改下星期六，只有慢之有事來不了⋯⋯」

「讓我看看。」

「你可以就最好⋯⋯」像是坐立不安。

「行事曆顯示『候命』，你知道公司的意思。」小陳說。

「那沒辦法，」他嘆了口氣：「只有告訴大家不能來。」

群組知道了，討論延期的日子，有人提議三月，大家一致同意。

可是三月改到四月，四月又改到五月。

「想不到約齊人這麼難。」黎女士兩滴大汗。

有人建議，其他幾個先聚頭。

黎女士說，希望見到每一個。

大家討論日子，肥仔二號再沒留言，也沒有回覆任何人。

黎女士退而求其次，約好其他人六月吃自助餐。

自助餐日之前三天，黎女士在群組轉貼酒店電郵，內容大致是人數有更改，或者取消是次預約，最少四十八小時前通知。

大家都說沒問題。

那天晚上，大約七時前後，六個人陸陸續續來了。

一班前同事穿戴整齊，男的襯衣西褲，女的裙子外套，還略略化了些妝，一副都市專業人士的模樣。

大家邊吃邊談。

黎女士笑問：「大家忙嗎？」

「世界難捱。」雷達率先發言。

「姐，你這麼硬朗，誰敢欺負你？」慢之笑說。

「工作做不死人！」雷達瞪眼說：「我那邊工作堆積如山，同事倒很合作，不過有次忽然有大客到，上司想調動上下班時間，一點回去十一點才走。我自己沒所謂，兩個一向很幫忙的不願，進房和上司吵了足足半天！」

「結果呢？」粘米問。

「同事反抗成功，逾時工作要補足鐘數。」雷達拍一拍桌子，說：「真想不到，兩個女孩平日嬌滴滴的！」

「她們不想開先例，本來九時上班六時下班，有時也做到八時才走。她們看穿了上司取巧，減去午飯時間，工時由八小時變成十二個小時。」慢之說。

「你真精明，」雷達哈哈一笑：「誰也別想佔你便宜！」

「我是慢，」慢之笑笑說：「慢慢來，慢慢看清楚。」

「別傻！」雷達推她一下，說：「那是我們英文名的音譯。」

「姐，我見識過，你真有雷霆一樣的力量，凡弄虛作假者一律五雷轟頂！」

大家忍不住笑。

「我呢？」粘米笑問：「粘米好黏，可能動作遲緩。」

「你人是瘦些，勝在細心有耐性，不是黏性或韌性。」肥仔一號笑她。

「朱哥，你身子癢，」粘米打量他一眼，說：「告訴你女朋友……」

「沒關係，她回了台灣老家。」朱利人雙眼笑得成了一條縫。

「我們說你是壞人，」粘米眨了眨眼，說：「叫她不要理睬你，不來香港見你……」

「朱哥，你死定了，」雷達拍手大笑，說：「你竟敢開罪J姐！」

「好像是妳們欺負我……」

眾女齊聲問：「說？誰欺負你？」

「沒有，沒有……」自己笑作一團。

「你女朋友很漂亮，」黎女士笑說：「你帶她來辦公室，跟我們打個招呼吧。」

「他不知多慷慨！」雷達格格的笑：「我意思是買了很多手信。」

「你是想說，他買很多名牌包包才對吧？」粘米掩住嘴笑。

「朱哥，你開車？十日環島遊？」慢之問。

「是呀，我喜歡台南，風景很漂亮。」

「我去過台中。」

「台中悠閒，慢活慢遊。」

「見了未來岳父岳母？」雷達不放過他。

朱利文臉上一紅。

「朱哥居然會臉紅……」粘米忍不住笑他。

大家都笑了起來。

「肥仔二號不在，沒有人幫朱哥了。」黎女士笑著說。

「他？他不落井下石就很好！」朱利人嗤之以鼻。

「你們是最佳拍檔。」黎女士說。

「辦公室有他們，熱鬧又好玩。」粘米點點頭說。

「午飯時間，天天到處找美食。」慢之說。

「那區小店很多，山東美味餃子、江南小菜、意大利餐廳、日本居酒屋、泰國湯河粉、越南檬粉、各式西餐廳、潮州粉麵……」朱利人如數家珍一樣。

「出爐日式蛋糕⋯⋯」慢之很是回味。

「我聞到香味⋯⋯」粘米閉上眼睛。

「那時晚上也出來。」黎女士說。

「深水埗的蛇羹最好吃。」粘米笑說。

「糯米飯香噴噴。」朱利人說。

「有次你來不了，來個視像通話，你在電話裡和我們吃，肥仔二號把有你的熒幕面對鏡頭，跟我們拍了一張大合照！」黎女士掩著嘴笑。

「肥仔二號嬌妻也有來。」黎女士說。

「我做這份工幾年，沒見過有人玩那樣瘋！」雷達說。

「這白襯衣、藍西褲、黑皮鞋⋯⋯」

「你也記得？」雷達拍了一下大腿，說：「他們穿的一模一樣！只是西褲的顏色深些淺些，完全就是一對活孖寶！」

「衣著事小，不停在辦公室騷擾人⋯⋯」粘米又是掩嘴笑。

「我沒有，他過來吵著我，我叫他不要老煩著。」朱利人不服。

「你想撇清？」雷達眨眨眼說：「你們一起上洗手間⋯⋯」

「對呀，我也見到！有時你跟他打個眼色，他就和你一起出去了。」黎女士指著朱利人說。

大家禁不住微笑。

「你們……」粘米笑問：「究竟是什麼關係？」

朱利人有些尷尬，說：「他向我發短訊，問我有什麼股票貼士。」

「你回覆就可以了嘛。」

「還有其它事說說。」

「你們兩個一樣的胖，你又健身又打羽毛球，他踢一踢也不動一動，本來覺你的肚子大，漸漸地他超越了你不少……」黎女士笑說。

「朱哥何止健身打球，他還擅長游泳呢……」慢之沒說完已笑。

粘米一口茶噴出來：「你還說！」

「是什麼？」黎女士問。

「那天你不在辦公室，」雷達竭力忍著笑，說：「我和肥仔二號坐在一邊，朱哥坐在我們後面，中間隔著一道矮牆。快到午飯時間，朱哥忽然站起來，說不吃飯，要到隔鄰游泳池游泳。肥仔二號不信，說是約了女朋友才真。朱哥從背包拿出黑色泳褲，拉開橡皮筋像展覽一樣！我坐在他們兩個中間，聽見肥仔二號大聲怪叫，抬頭見到那條小小泳褲，嚇得我以為他就要穿上……」

大家禁不住哈哈大笑。

「辦公室出現泳褲！」雷達笑得彎下了腰。

「他不也是玩擦邊球？那張嘴巴不乾不淨，我是男同事也接受不了。」朱利文搖頭說，狀似一本正經。

「省省吧你！」雷達笑罵他：「你們不知多配合得多好！兩隻死鬼不時眉來眼去，又用三隻手指模仿走路，然後笑得曖曖昧昧的，你說那是什麼意思？」

粘米慢之忍不住笑。

「說到瘋，他才真的瘋，」朱利人笑說：「公司再做人事登記，他身份證、回鄉證、護照全帶在身上，像玩撲克牌那樣丟在桌上，叫同事隨便看他的出生年日……」

「是！他真的不介意！」黎女士說。

「他是發瘋。」朱利人像是不屑。

「你們半斤八兩吧。」雷達瞟他一眼說。

「辦公室時刻充滿歡樂。」粘米笑說。

「可是他不再來了。」黎女士感喟說。

大家一時靜下來。

「有沒有人知道他近況？」雷達問。

「我發過短訊，沒有回音。」朱利人說。

「會不會是有什麼事？」粘米問。

「他轉了工，應該忙得不可開交。」黎女士說。

「始終回到學院去。」慢之說。

「從哪裡來，回哪裡去。」粘米說。

「他在學院做科技資訊，」雷達說：「他離職前說，學院舊同事告訴他，原上司行政主任移民，位置騰了出來，問他想不想回巢……他想也不想便答應了！」

「你和他同一所大學？」黎女士問。

「是，但他做事的是另一所。」

「你們在公司重遇。」

「我們以前不熟，我不參加舊同學聚會。」

「你們說起教授講師，不停嘲笑譏諷，聽著非常好笑。」

「那又怎樣？」雷達搖搖頭說：「他離職不過半年，像人間蒸發了似的！人，真的可以說變就變！」

大家靜默下來。

「其實他很熱心助人，」慢之坐直身子，說：「大家知道他喜歡日本，一年飛三次北海道。他也去過石垣島，知道我去年五月想去，把一切所需資料給我。我在當地遇到困難，多得他用手機和我聯絡，詳細我就不多說了。」

「我也知道，」粘米點點頭說：「我唸日語研究出身，也算是半個專家，想不到他不大懂日語，懂得的風土人情卻比我更多，碩士研究論文也幫忙不少。」

「他還熟悉各大銀行呢，」朱利人撇撇嘴說：「哪家的股票收費便宜，簡直如數家珍一樣……」

「小陳，他有沒有好介紹給你？」雷達笑問。

「啊，沒有，」小陳說：「不過吃頓飯聊聊天。」

「大家別客氣，」黎女士說：「甜品還沒有吃呢。」

大家不約而同站起來，說：「有幾款甜品很精美，快去⋯⋯」

小陳望著他們的背影，心想，他們不知道，肥仔二號離職前和他吃飯，告訴他學院只是臨時合約，很快便要移民到英國。他知道小陳在英國唸書，向他打聽彼邦生活概況，又著小陳不要告訴任何人。

小陳一一答應。

起飛當晚，肥仔二號向他道別。

小陳喝了口紅茶。

他們捧著甜品回來了。

5

清 談

清談，能夠談得出什麼來……
「別說了，打不打網絡遊戲？」

中式酒樓餐館內。

「乾杯！」一圍桌子十來個人，一家大小齊齊舉杯。

「為我們一班村民，」阿倫喝盡一口普洱，笑說：「不到半年再來重聚！」

他太太芝蘭哈的一聲笑：「想不到小妹一句村民，竟然成了我們的代名詞！」

「我住的地方真的很小，」旺旺滿眼滿臉笑意，說：「不過是公共屋邨的邨，不是新界村屋的村。」

「我們誰不是出身公屋的，」他太太婷婷笑望他一眼，說：「爸媽常說住公屋真好，幾十年認識了一眾街坊，感覺好像是親人的一樣。」

「我爸為人很安靜，」錦緞說，臉孔像他爸一樣乾瘦。他說：「他以前整天上班下班，洗衣、買菜、燒飯我媽一手包辦，他週末不大和我們去喝茶。鄰居說好像只有我媽出入似的……」

「我爸媽一起出動，我媽說要看緊我爸，怕他會作反！」他太太詩芬說著掩嘴大笑。

「我們爸媽經常出雙入對，」坤爺夫婦笑著對望一眼，說：「他們人很好動，每天忙完晚上還打球，現在更加好得不得了，隔天相約鄰居打羽毛球，單打雙打不愁沒有搭擋！」

「就像你和佩茜一樣，」好友雷根聳聳肩說：「你們參加健身會認識的？」

「是呀，我也記得！」他太太素淨舉手說。

「他玩划艇，」佩茜望了丈夫一眼，說：「那時覺得他手臂很有力。」

坤爺刻意屈曲手臂，肌肉賁起像小老鼠。

「傳說中強勁的臂彎！」好友旺旺笑著說了句。

大家哈哈大笑。

「你來到這裡，又是做健身教練，多好哪！」小滴太太培玲說。

「可不是，」她丈夫小滴說：「我做回學生，越活越活回去了。」

「你看上去也像學生。」旺旺笑說。

「說來也是，」小滴好友錦緞說：「他平日T裇粗布褲，誰會想到他是執業律師？」

小滴無奈笑了笑。

「你呢？」素淨側頭對培玲說：「你一向寬T袖燈籠褲，上班可以嗎？」

「我上班穿便服衣褲，」培玲哈哈的笑，說：「公司沒有明文規定，說到底是行政主任，總不能過於隨便的呢！」

「現在輕鬆多了？」

「教懂學生功課就行。」

「多得你介紹，把那班嘩鬼丟到補習社，才安心坐下來吃頓飯！」芝蘭格格格笑了起來。

「除了你的一對寶貝。」婷婷指著芝蘭兒子和女兒說。

「他們？他們今天不用補習，也是自願說跟來的，說見見幾個叔叔姨姨也好。」阿倫說。

他們低著頭玩手機遊戲。

「其實是不想自己弄午餐，」芝蘭沒好氣說：「你信不信，在外國唸了幾年書，十幾歲的人還會跟著父母？」

「不是外國，」旺旺格的一聲笑，說：「我們已經在這裡生活了。」

「你回去最多，」素淨說：「是不是公司的事務？」

「我的客戶仍會找我，」旺旺時刻都像在笑，說：「我們可以用視像通話，以電子版文件簽單，因公事回去不是沒有，主要是回去探望一下爸媽。我妹照顧他們，我非常放心，但有時間回去一趟也挺開心！」

其他人聽著沒作聲。

阿倫立即笑說：「我和芝蘭也會回去，說到底早已入了籍。」

芝蘭接口說：「上個月我一個人回去，一個人乘飛機，回來讚讚自己應付得來，被他笑了我大半天，哈！」

大家笑了起來。

「旺旺一向最積極，」阿倫對他眨眨眼睛，說：「一拍拖即轉行，積極存每一分錢，由成家立室至女兒出世，全部應付得妥妥當當！」

「不是這樣，可以怎樣？」旺旺笑著反問。

「我也有兼職……」婷婷捏他一下手臂說。

「是、是！」旺旺吃了一下痛，立即說：「你還照顧女兒，很有貢獻！」

「你找死了。」坤爺笑他。

「你真幸福，」詩芬對婷婷說：「他呀，一名少爺，照顧自己還可以，出門要他照顧兒子，鞋子、襪子、褲子也找不到，替兒子穿件衣服歪歪斜斜……」

「不要緊，他訓練兒子不做少爺，自己穿衣服鞋襪出門去。」旺旺嘻開口說。

大家忍不住笑。

「他事事不上心。」詩芬抱怨說。

「找到工作沒有？」小滴問他。

「正在找……」錦緞遲疑一刻說。

「上次聚餐你也說在找，」坤爺一臉驚訝：「不是說有好消息？」

「做了兩個月。」

「給辭退了。」詩芬白丈夫一眼說。

「發生什麼事？」坤爺妻問。

「他說，他始終想做老本行，好不容易找到一份工，又適應不了老闆的要求！」

「老闆有什麼要求？」

「其實也沒什麼……他以往做產品研發，有自己的主張和見地，跟老闆格格不入……」

「明白，」坤爺點頭說：「是我們適應新地方、新環境，不是倒過來老闆適應我們。」

「他就是放不開！」詩芬嘆了口氣：「我帶過來的老本，不知可以吃多久，還有兩個十歲上下的兒子……」

大家不知說什麼好。

「沒辦法，」雷根插口說：「我也是硬著頭皮，天天做些零碎活兒。」

「你教過普通話……」培玲說。

「這裡誰不會？」雷根苦笑一下，說：「除非是家裡說廣東話的。」

「外籍小孩，」培玲說：「我去打聽他們需不需要導師。」

「好，試試無妨。」

飯菜送上來，他們專注的吃。

「始終家鄉的味道最好，」阿倫不禁回味說：「以前一班團友，完了主日或團契，拉隊到各大酒樓餐廳，真是熱鬧得很！」

「誰不懷念？」芝蘭嘆口氣說：「我的好姊妹還在老家，要跟她們見見面、吃頓飯、談談天，至少也要一年半載！」

「回去見到什麼人？」錦緞問。

「除了家人親戚，就是堂會朋友，」阿倫笑答：「有些碰巧沒來，又約不到的，唯有下次再聚了。」

「我也一樣。」旺旺點點頭說。

「有見到小進嗎？」坤爺笑問。

「不見他……」旺旺想了想說。

「他轉到了浸信會，」阿倫也想了一想，說：「早幾年已經轉會了，偶爾才會回去探望相熟的朋友。」

「有時會想起他，」坤爺忍住笑說：「有他在，氣氛輕鬆又好笑。」

「因為他胡說八道。」旺旺哈哈一笑。

「我兩個囝囝很喜歡小進叔叔。」小滴微微笑說：「見了他，又是拉又是扯的。」

「他和女友約我們游泳，最喜歡在水下搔她們腳底……」培玲哈哈大笑說。

「最喜歡惡作劇，不捉弄人那天就過不了。」錦緞咧開嘴笑說。

「他又捉住她們雙腳，嚇得她們尖聲大叫，我們樓上的家也聽得見……」培玲笑得捧住肚子：「不知為什麼，她們就是喜歡和小進叔叔玩！」

「是呀，我們也在，她直叫救命……」詩芬掩住嘴笑。

「她們大叫，小進叔叔是壞人……」錦緞也說。

「男孩不壞，女兒不愛，你們可要當心了……」坤爺故意壓低聲音說。

小滴夫婦哈哈大笑。

「小進愛玩，誰都知道的。」阿倫笑說。

「何止壞人，簡直是賤人。」雷根笑著說了一句。

「他？我見到他就瞪著他。」素淨說。

「為什麼？」芝蘭問。

「他喜歡和我鬥嘴。我說不過他，見了他眼睛直瞪，他還說很親切，氣死我了……」好像仍然不服氣似地。

「說他是賤人沒錯……」雷根對素淨說。

阿倫兒子和女兒抬起頭來。

「你叫小進叔叔賤人很多年了。」阿倫兒子說。

「對，我也聽過。」阿倫女兒說。

「說笑……」

「不，」阿倫兒子神情冷淡，說：「你是咬牙切齒的，但小進叔叔從不反駁。」

「有……」

「十多年了，有時甚至當眾羞辱，小進叔叔才公開回應。」

「哥，當然了，小進叔叔年輕時，人比較內向，不適應群體活動，離開幾年到了別的教會……」

「我知道！雷先生說，幸好小進叔叔不在，否則整個團契會給他敗壞！」

「誰有資格論斷人？」

「不知誰才敗壞人。」

「那個陰冷的表情，想想都叫人心寒。」

「他何止說賤人，還不住的說壞人壞人！」

「哥，你誤會了，說笑而已！」

「團契太多世俗事物，小進叔叔看不過眼，想團友深入認識信仰，寫文章指出重點，有什麼問題呢？這就叫看不起人？一輩子唱卡啦 OK 靈修吧！」

「級數不同，自己沒有深度，被人刺中要害，怎會不怒從心起？」

「他說小進叔叔陰險，插人一刀然後問：你沒事嘛……」

「小叔進叔叔知道，他大哥老大不高興，試著安撫一下……」

「安撫什麼？大伙離開之前，他趁圖書館只得兩個人，禁不住露出猙獰面目，大聲呼喝小進叔叔，說多年來對他已經很好，他大哥才是多次受害！誰知我們在門外聽到……」

「小進叔叔只有隨他去。」

「每次素淨姨姨都不在。」阿倫兒子目無表情說。

素淨轉過臉來看著丈夫。

「導師兆昌叔叔說，小進叔叔投稿到雷先生的團刊，那篇文章很長，內容天馬行空，甚至可說是天花亂墜，經過大幅修改刊出，結果大受姊妹歡迎。」阿倫兒子說。

「我也聽過！兆昌叔叔說，他看到雷先生偷望姊妹們，心裡知道風頭全給蓋過了，怪小進叔叔借他的筆上位，心裡一直很不服氣，又指控小進叔叔寫的東西，字裡行間看不起團友，可是小進叔叔不過指出，團契不宜有太多世俗的娛樂，無意中刺痛了一些人！不過最重要的是，小進叔叔寫了兩部小說！兆昌叔叔故意說，小進叔叔早已是作家，雷先生一聽立即走開，之後一直借機會說小進叔叔是賤人。小進叔叔聽了十多年，有次溫馨提示一下，怎知雷先生還說，要說到二十年才夠了耶！」

阿倫兒子一臉不屑：「換了是我，與其怪人搶自己風頭，不如多寫幾篇文章，證明自己真有實力。他有志氣的話，寫篇震撼至少團契的大作，再次博得眾姐姐的青睞，何必為了那份沒用的團刊，記恨記仇至少二十年？」

阿倫女兒冷笑一聲：「你沒看過那份一張紙的刊物？雷先生自己訪問自己，說在家會寫寫文章，不過不會公開，但自問自答之中，不住暗示自己是才子，你真是走了眼了！」

「我走了眼？還有不知多少刻薄話傷人！嘿嘿！」

「平日滿嘴賤人……小進叔叔媽媽參加聚會，同桌的雷先生忽然問候小進叔叔，他需要吃營養補充片劑的事。」

「果然是君子。」

「你沒聽過？飯局之間，說起不平等條約，小進叔叔說出簽訂年份，雷先生不禁為之洩氣，像腦袋裝草的那種男生，中國歷史好像是他們獨有的。小進叔叔公開試拿 A，還替我們補習中文中史呢。」

「說來幹嗎？打機吧。」

「是，大人的事不明白。」

空氣忽然凝固靜止。

一切動作停了下來。

不知過了多久。

芝蘭緩緩舉起茶杯，說：「難得大家相聚，我們再來乾杯……」

阿倫接口說：「大家約定，下個月再來我們家……」

大家齊齊舉杯：「乾杯，乾杯……」

然後大家舉筷夾菜，一碟碟美食送上來，香噴噴熱氣騰騰，吃得一眾朋友流下汗滴。

一頓飯下來，素淨不住轉頭望著丈夫。雷根一直滿臉通紅，薄而稀疏的頭髮有些亂了。

兩兄妹邊吃邊發短訊。

「這個什麼雷根，實在太過份、太過份了。」

「不是他一直說賤賤賤，我也不想拆穿他。」

「他才真的下賤。」

「枉人說他是君子。」

「反胃，作嘔。」

「明明有穿衣服，怎麼像沒穿一樣？」

「只會拋兩句古語，頂多是個窮鬼書生，當皇帝恐怕不成。」

「別說了，打不打網絡遊戲？」

「不打，我看書。」

「什麼書？」

「小進叔叔寄來的書。他的第三本作品，字數三十三萬字，是一部長篇小說。」

「好棒！寫的是什麼？」

「我們出生城市的成長故事。」

6 避世

天涯海角，也會遇到不想見的人……
「他在臉書 Messenger 收到朋友訊息，
說已經把他從 MeWe 朋友圈剔除。」

他清晨醒來。

他洗了個臉，走下小樓梯，推門出去門前花園。

晨曦微露，空氣非常清新，眼前一片繁花盛放，遠處青葱山巒高
低起伏，每天看著心情非常愉快。

他深深呼吸一口氣，沿窄小步道走上山徑，一邊走一邊伸展手腳。
山下田園景色盡入眼簾，童話糖果般小屋星羅棋布，真像一顆顆色彩
繽紛的棋子。

一路上幾個晨運的人，都是見慣了的，揮手笑著和他打招呼。

他也輕輕揮手微笑。

他再走了一段，到了山腰位置，在石櫈上坐一會，沿路緩步走回
去。

脫鞋開門，洗個熱水澡，覺得精神飽滿，再下樓時桌上兩份早餐，
一壺咖啡呼呼冒著熱氣。

妻子從廚房出來，笑說：「回來啦。」

「早晨，」他吻了妻子的臉一下，說：「這份煎雙蛋很美觀，煙肉看上去也很香脆。」

「還有呢，」妻子故作嬌嗔說：「這麵包好不好吃？」

「我還沒吃呢，」他看著妻子紅彤彤的臉，說：「我在等你一起吃。」

妻子坐下來，喝了一口熱鮮奶，把一個麵包掰成兩半，塗上牛油放到他的嘴巴前。

他笑著咬了一口，只覺香滑鬆軟，比牛角包還要好吃。

他豎起拇指：「真美味！」

妻子甜甜的笑：「我親手搏麵團，用天然酵母，放進麵包爐烘烤的。」

「謝謝你。」他吻妻子的臉一下。

他們吃完了早餐，他想幫忙收拾杯碟，妻子早已穿上圍裙，笑著叫他坐下。

「你看報紙吧。」她說。

「辛苦你了。」

妻子笑著進了廚房，然後是扭開水龍頭，清洗碗碟清脆互碰的聲音。

他拿起報紙，瀏覽頭版財經娛樂體育，然後翻到本區要聞，看看有沒有什麼特別的，每週市集動態尤其吸引，各式精品雜貨不時會有驚喜。

妻子出來笑說：「有沒有特色貨品？」

「有，」他說：「週六市集特別多。」

他們取出幾個籃子，放進車子後座尾箱，由他駕車到市集去。

早上市集已很熱鬧，各式攤檔前擠滿了人。他們挽著籃子，在大街上悠閒走著，隨意買幾件喜歡的貨色。逛完了先把籃子放回尾箱，然後牽著手到餐廳吃了午飯，一邊吃一邊和鄰里間聊談天，還約定下星期到一對夫婦家中聚會。

他駕車回家，笑說：「今天也算有收穫。」

「還說呢，你買了三盒卡里頌杏仁餅、五包普羅旺斯香草、半打蘋果汽酒、一打阿爾薩斯白酒……」

「開心嘛。」他呵呵的笑。

「我買了兩瓶士多啤梨醬。」她說。

「還有呢？」他眨眨眼睛。

「那對麻底鞋很漂亮！我喜歡淺紅和棕色條紋……」

「家裡有……」

「不多、不多，」她伸手掩著他嘴巴，說：「不過三對啦！」

「是的、是的。」他忍著笑說。

　　車子到了小小房舍，駛進院子旁邊的停車庫。他們下車把籃子搬進屋子，把買回來的東西分門別類放好。

　　妻子忙了半天，感到有些疲累，說上樓小睡片刻。

　　他打開一本書看，那是一本歷史書，敘寫中世紀歐洲史，看得他津津有味，又泡了個茶包，小口小口的喝著。

　　看得倦了，他抬起頭來，揉了揉乾澀的眼睛，站起來在大廳來回踱步，又坐下來，背靠著沙發，望著一排木製書櫃，整整齊齊地擺放了一系列書籍，直立的櫃子一格格放了唱片和影碟。

　　屋子佈置簡單清雅，玻璃桌上一大束鮮花，妻子每天從市場買來的。他下班回家前會猜想是什麼花。

　　午後陽光刺眼。他走到門邊窗前，把繡花布窗簾拉上，大廳隨即添了幾道陰影，他覺得很有層次，很好看。

　　他聽到車子引擎的聲音，似乎是來自不遠處的。

　　他有些好奇，鄰居去了度假，莫非有事提早回來？

　　他拉開窗簾少許，只見一輛中型巴士，在山坡下的停車處停著。車上走下十幾個人來，各自到幾家小店買飲料、零食。

　　他想，看來這是輛旅遊巴。本區向來不是旅遊景點，似乎是外國遊客參加本地遊，司機停一停歇口氣，旅客也買些東西補給一下。

　　他正想轉身回到大廳，忽然好像瞥見熟悉的身影。

　　他吃了一驚。

他定睛看個清楚，沒錯，真是他們，一個男的，髮線已往上移，濃密的眉毛，帶著笑意的眼睛，一件淺色 T 裇，一條粗布褲子，旁邊的太太也是短髮，膚色較深，正和團友說得開懷大笑，兩個女兒，一個大約九、十歲，一個大約七、八歲，一個短髮粉紅裙子像父親，一個短髮黃裙子像母親，手裡拿著雪糕吃得很滋味的樣子。

往事如電影片段般掠過。

他們十五年前在一個群體認識，與一班朋友經常見面，後來這對黃姓夫婦搬到另一區居住，彼此之間少了聯絡。幾年前，他向黃姓朋友發短訊，問候他們一家的近況，才知道他打算到紐西蘭進修。他和朋友一起前去探望，談了整整一個下午，還吃了晚飯才走。他知道箇中原委後，不禁感嘆一聲，說他若早些知道，會勸他不要這麼急，因為他天天收聽時事網台，老於江湖的主持人估計，可能會有另一條出路，不一定要花一筆學費飛到南半球。朋友聽了笑笑說，這不過是臆測，未必真會成事，還是早日為自己打算為佳。

朋友一家離開後，朋友妻不時在臉書分享動態，像鄰居老太太喜愛小女孩，不時弄些點心小吃給他們，兩個女孩在草地快活嬉戲，有毛色全白的貓兒跑來依偎她們，還有鳥兒定時飛來吃穀粒……看得他和妻子滿心快樂。

他們不時用臉書 Messenger 通訊，他知道朋友選的科目，叫他暑假時可做些相關工作，以便將來在當地找長工。朋友夫婦在原居地高薪厚職，一時之間放棄原有一切，到了異地要重頭再來。朋友妻要照顧兩個女兒，只能在下午到超市做兼職收銀員。

朋友有個習慣，以文字溝通幾句，隨即轉為視像通話，所以也看到他新居的一角。

朋友又說，他打算轉到英國，可能仍會唸書。

他說：「是不是呢？早說過了，你若肯說一聲，不用舟車勞頓走這一遭。」

朋友傻傻的笑，仍說大家不過是猜，萬一不是的話，不知要等到何年何日。

他說：「真有這麼急？」

朋友說：「每個人想法不一樣。」

朋友妻在臉書仍然活躍，每個路過的小鎮，只是租房子住過幾天，就好像成了旅遊景點。即使租房子遇到困難，只得某間教堂提供附屬宿舍，其他朋友見到偌大空間，紛紛留言表示羨慕不已。朋友妻卻說他們家徒四壁，女兒快要像匡衡一樣鑿壁偷光。她一向英語比中文流利，忽然連用兩個四字成語，朋友們點擊哈哈笑比點讚還要多。

一家四口不時在小鎮出動，有個下雨天，齊齊穿著雨衣，站在一個車站前拍照，雙手插進袋子望著鏡頭，不知是雨水還是什麼的，四張笑著的臉孔有種奇怪的表情。他忍不住留言開個玩笑：「小鎮最近有些不尋常，聽說好像有些怪事發生，不知是不是和四個古怪的人有關。鄰里之間說夜裡見到他們，在大街小巷急步走過，但全都戴了帽子，看不到他們的臉孔……有人家裡不見了嬰孩，凡是學生的忽然失蹤了。鎮上居民大大恐慌，有人抱著孩子跑到別的鎮居住。這天，他們一家四口忽然在街頭出現，對著鏡頭現出古怪的笑。有路人認出了他們，嚇得大聲尖叫亂成一團。怪叔叔一家轉過身來，四個人一模一樣古怪的笑……」

　　朋友們無不哈哈大笑。朋友妻也捧腹大笑，說不過拍張照片，下雨天一家四口穿上雨衣，沒想到在他筆下成了愛登事家庭⋯⋯

　　事情突然有了轉變。

　　幾年前美國總統大選，用戶抨擊臉書偏袒一方，又有審查言論之嫌，紛紛轉用 MeWe。他很不同意臉書的做法，也在 MeWe 開了帳戶，頭像與臉書用同一張圖片，又見不少朋友在 MeWe 有朋友圈，於是逐一加進去慢慢建立，打算最終取消臉書帳戶。

　　黃姓朋友妻也開了帳戶，很快和他成了 MeWe 朋友。

　　他見到朋友也在，主動要求做 MeWe 朋友。

　　朋友在臉書問，這個是你嗎？

　　他說是的。

　　朋友又問，你可否做個身份核證，譬如證件之類呢？

　　他一愕，說這個真是我呀。

　　朋友沒有回應。

　　他在臉書寫，這個真是我呀，你不見兩個圖像一樣的嗎？

　　朋友回他說，為什麼不用個人照片？

　　他寫，我不是和你在對話嗎？個人照片也可以做假呀。

　　朋友好像明白了，有些不好意思，說大家開視像聊聊天吧。

　　他寫，下次有空才聊吧。加不加入我做 MeWe 朋友，你決定吧。

隔一兩天，朋友把他加進去了。

他覺得朋友過分小心，但也很歡喜，有時用 MeWe 的 Messenger 寫幾句。

一天他寫：「獨自遠足，離開山徑時，經過一個水塘，風景很是優美，乘巴士回到市區，經過你們一家住的地方，想起大家昔日相聚的情景，真是非常非常懷念⋯⋯」

朋友幾天仍沒回覆。

他又寫：「看來小黃還沒有領會到小弟的心意，可能少看 MeWe 吧，遲些再談⋯⋯」

轉念一想，會不會很煩人？

他想把訊息刪掉，MeWe 不會留下痕跡，但轉念一想，也就隨它去不理了。

一個下午，他在臉書 Messenger 收到朋友訊息，說已經把他從 MeWe 朋友圈剔除。

他又是一愕，說我不是告訴你遠足嗎？我說經過你家⋯⋯

朋友打斷他說，很快也會把你從臉書剔除。

他大是錯愕，說這是幹什麼呢？是不是我寫錯了什麼？

朋友說，過了他所能接受的界線，他就不能繼續下去。我喜歡和你談天，但你只可在 Signal 跟我聯繫，不能用 WhatsApp 或其它。

他問，Signal 真能保障隱私？你確定？

朋友沒答，只說，再見。

他默然。

他最後寫：「好的。」

不消一刻，朋友把他剔除。

他呆在那裡。

他隱隱想到，朋友不喜歡他在 Messenger 提到昔日位處，但不少人不想在帖子公開回應，也是在 Messenger 私底下對話，這位朋友的妻子也經常用私訊的。

他的胸口似乎捱了一刀，多年友誼真得來不易。他們一家離開前後，他一直關注他們的動態，他們兩個女兒不知多喜歡他和妻子，見面時又是抱又是親的，在視像通話中，不時追問什麼時候來和她們玩。

他又想到，他和妻子以為到了外國，不用保存小黃夫婦電話，沒想起只要有聯絡人，號碼就會自動轉換⋯⋯現在怎樣用通訊軟件聯絡？他明白可能小黃一時衝動，沒有想得這麼仔細⋯⋯

怪不得小黃不喜文字對話，也問過他覺得文字是否和視像一樣安全。他覺得不是，但照樣回答分別不大。

他覺得很冤枉。

小黃，你沒有跟我說過界線，大家相識多年，你一下子把他斷開？

我知道你以前當律師，凡事謹慎，既是這樣，是不是也要說說理由？為了和太太收入看齊，曾經放棄律師牌轉做行政，經我勸說才復牌當回律師，你居然絲毫不念舊情，為了這點小事向我變臉？

　　他在 MeWe 寫給小黃妻：「小黃因小弟私下短訊，提及你們以前住的地方——只是地區不是屋苑——我以為私下短訊已夠穩妥，誰知不是那麼一回事，他已經把我剔除。我不想打擾你們一家，唯有退出你的朋友圈。祝你們一切安好，再見。」

　　他把小黃妻剔除。

　　他開了臉書。

　　小黃妻更新了動態，兩個女兒在家吃蛋糕，一臉天真活潑的笑，兩個可愛臉蛋直可以吞下去一般。

　　他把事情告訴了妻子。

　　妻子一臉不置信，忍不住哭了起來。

　　他擁著她，輕輕撫她的背。

　　他給妻子看小女孩照片。

　　妻子一向不用臉書，只用 WhatsApp 簡單通訊。

　　他柔聲說，別太傷心，人生聚散本平常事。

　　他再把小黃妻剔出。

　　從此杳無音訊。

　　忽然之間見到舊人，他本能往後退了一步。

　　他禁不住好奇心，從窗戶與窗簾之間窄縫看出去，只見那對夫婦和團友談得正高興，其他團友一家大小叫喊吵嚷，本來寧靜的小小村落，忽然好像熱鬧得像個墟市……

導遊回來了，大聲喊叫團友集合。團友紛紛回到車上坐著。

那個人略略回頭，似乎想看山坡上的房子。

他趕快隱沒在窗子後，窗簾輕輕撩動了一下。

那人望向山上，午後陽光仍然刺眼，一間精緻小屋的窗簾彷彿一動，然而也沒有怎麼為意，轉身回到車上與妻女會合。

旅巴開動，絕塵而去，留下一縷黑煙，隨即在空氣中消散。

他站了一會，回到沙發上看書。

妻子睡眼惺忪下來：「我好像聽到有些聲音，是什麼來著？」

他笑了笑：「沒什麼，只是一輛旅巴經過。」

「這麼吵。」

「真是，」他說：「住在這麼偏遠的地方，也會聽到煩人噪音。」

「你一向愛靜，」妻子笑說：「朋友多也會說笑，現在聽人家說的多，平日只看看書散散步……」

「多愜意。」他說。

妻子給他一個大大笑臉。

7 親 戚

要緊關頭，親戚會不會伸出援手……
「阿媽自己能走路，這種場合，請我也不會來！」

「你別說是我告訴你的⋯⋯」三姨到醫院探望媽時說。

出院後，小明媽一直嘆氣。

小明默不作聲。

小妹問：「媽幹什麼？」

「原來二姨也進了醫院，比媽更早，病情比媽更糟糕。」

「怎麼我們不知道？」

「四姨沒說。」

「二姨⋯⋯」

「早出了院。」

「媽⋯⋯」

「二姨不知道。」

「她這算什麼？」小妹瞪大眼：「她來我們家，沒提過半個字！」

小明攤攤手。

「二姨自己不說？」

「她以為四姨會告訴我們。」

「二姨也以為我們不理她。」

「我不知道。」

農曆新年快到了。

小明對媽說：「打個電話給二姨，問候她一下，聽聽她怎麼說。」

「打電話給她？她病了也不說一聲。」

「可能是四姨的主意。」

小明媽有些負氣，說：「也好。」

小妹撥了電話，把它放在媽手上。

「喂……」

對方似乎接了電話。

「阿二？我是大姐……」

「……我？我過得去。你呢？」

「五時起床？睡不著？」

小明媽聽了一會，問：「你有沒有什麼事？」

對方似乎猶豫一刻。

「要跟我說一聲？」

小明媽停了一會，似乎在聽對方說話。

「嗯……嗯……原來這樣……」

「什麼時候發現？……是不是很大的手術？……過三天就出院了？……」

「我就是想，我們不算經常聯絡，我也會打個電話跟你聊聊，怎麼你沒有打個電話來，以為忙著照顧你的寶貝兒子……」

「你以為？她沒告訴我們……」

兩兄妹對望一眼。

「我也告訴你，我三個月前也進了醫院……」

「怎麼不是真的？她也沒告訴你？……」

「你聽我說……」

小明媽時說時停，不時緊皺眉頭，像二姨說的不易明白，有時表情很是緊張，像二姨不大明白似的。

小明媽說了半個小時，把無線電話放回基座。

小明媽嘆了口氣。

「你們猜對了，是阿四搞的鬼。」

「早說是她！」小妹噘噘嘴：「她不是第一次了！」

「我不明白。」小明媽說。

「沒有人明白，」小明說：「你和二姨病情不輕，萬一……萬一有什麼事，想見見也未必……」

「她會想到這些？」小明媽憤憤說：「只有她喜歡不喜歡！」

小妹說：「記得嗎？媽跌倒扭傷，留院一個星期，只有她來醫院！」

「我問過她，她說姨們忙得很。」

「她事事一把抓！」小妹翻翻白眼，說：「一切聽她安排，聽她指揮，但根本不知道輕重！」

「她們說不知道！」小明媽憤憤不平：「我以為把事情交托她……」

「我沒有通知她，」小明說：「我只發短訊告訴三姨。」

「三姨會告訴她。」小妹說。

「她打過電話給我，我忙著沒聽，也沒打回給她，更把電話關掉。」

「她沒追問？」

「晚上我開電話，聽到她的留言。她的聲線立時變了，說早上找過我，問起媽的情況，叫我盡快回覆她，聽上去有警告意味……」

「呸！為什麼要告訴她？」

「我發個短訊，說我當日很忙，沒有時間跟她談，只說媽一切安好。」

「做得好！」小妹拍一下大腿。

「我當她知道了。」

「她知道，」小明媽說：「她知道阿三去探我，過兩天我出院，當日早上打電話來，叫我等她來接我。我說你的外甥正過來，我也等不及你從新界出來！」

「她不過想告訴人，只有她最吃得開！」小妹一臉鄙夷。

「她一言不發。」小明媽說。

「她會還以顏色。」小妹說。

「她沒打來。」

「走著瞧。」

「阿二說約了年初三。」媽說。

「今年例外，不是由她聯絡？」小妹嘲弄說。

「是她拍板，叫阿二通知我們。」

「果然。」

「你去不去？」

「不去。」小妹一口推卻。

「又是你哥……」

「我約了人，到舊同學家。」

「隨便你吧。」

年初三，小明陪媽乘巴士，到了二姨家樓下，前面一個熟悉的身影。

「三姨？」

三姨轉過頭來。她一襲棕色長裙，頭髮留長了且燙過，就像年輕時的模樣。

「真巧合，」她笑說：「我乘巴士出來，車站就在不遠處。」

小明抬頭看，說：「新落成的樓宇，明淨光亮，看上去像豪宅……」

三姨沒有作聲。

他們按了電梯，到了二十一樓，經過大堂的時候，三姨指著牆壁說：「你看牆身一片灰黑，塵垢很多，還是我住的地方乾淨！」

小明應了一聲：「是……」

很久沒到二姨家了。

小明敲門。

二姨開門，笑說：「你們來了。」

小明心裡暗暗一驚，她何止瘦了一圈。

她們早已到齊，在大廳坐著閒談，見到大姐母子，笑著說聲新年快樂。不知是不自己多心，四姨似乎瞄了他們一眼。

「我們在樓下碰見，」三姨笑說：「大姐行動不大方便，小明扶著她慢慢的走。」

「是嗎？」五姨眉開眼笑，說：「他們也算早來了。」

三姨說：「大姐，快坐下，站久了容易累。」

二姨端出兩杯熱茶。

「吃什麼？瓜子？糖蓮藕？」二姨打開全盒。

「我自己來。」小明媽笑說，抓起一把紅瓜子。

「你們很早到了？」小明問。

「我們吃了午飯才來，」四姨說：「二姐早上很忙，又是買菜又是燒飯，誰都知道她那個寶貝兒子，少吃半頓飯也不行的。」

「他上班去？」小明媽問。

「是呀，」二姨嘆氣：「假期也要上班。」

「不捱苦怎得世間財？」四姨瞪她一眼說：「難道你想養他一世？三十歲的人了，應該是兒子供養母親，不是母親侍候兒子！」

大家沒有作聲。

「慢著，」小明媽說：「你的病，當初怎樣發現的？」

「阿五……」二姨欲言又止。

「半年前，我約同阿四上來，」五姨說：「你知道阿四經常上來，我只有空才和她們吃頓飯。」

「我們沿斜路走，我見她頭歪在一邊，好像抬不起來，人也像站不直的模樣，問她是不是扭了脖子。」

「她說沒有。我覺得更奇怪，叫她看看中醫，又叫她留意一下，有沒有覺得不舒服。」

「我叫了她幾次。她到公立診所看醫生，醫生寫紙著她入院。」

「醫生說什麼？」

「她頸部的淋巴腺腫脹，」五姨說：「公院醫生替她照片掃瞄，又做了很多檢查，發現左邊乳房有腫瘤……」

「是乳癌。」四姨插嘴說。

「醫生說情況緊急，過兩天替我動了手術，」二姨掩著胸口說：「真是好不驚險，我晚上還是睡不著！」

「那是阿五細心，」三姨說：「遲些發現，真是不堪設想！」

「你戒了煙酒，」小明媽說：「怎會……」

「我不知道，」二姨說：「有後遺症？」

「她？她買了一櫃子即食麵！」四姨一臉不屑說：「她擔心她的寶貝兒子！她怕他下班回來，肚子餓了沒宵夜吃，又不想他用煤氣爐，怕夜半弄出一場火災，即食麵添熱水幾分鐘，吃完了丟在垃圾桶，洗潔精和水也省掉！」

「不是她吃……」

「多吃了也會厭，」四姨說：「他買麵包自己吃。她要清貨，早上吃晚上吃，多吃了不出事才奇怪！」

「問題是發泡膠杯，」小明說：「一百度熱水加進去，麵條連發泡膠溶在一起。」

「怪不得，」小明媽嘆了口氣：「別再吃了。」

「我全丟掉了。」

「其它即食麵也不要吃！」五姨說。

「醫生說，五年內⋯⋯算是康復。」

「覆診呢？」小明媽問。

「定期覆診吃藥。」

「你怎麼買東西？買菜，燒飯？」

「阿四幫我。」二姨說。

「我沒有上班，見她這副模樣，我不幫她誰來幫她？她那個寶貝兒子，用電水壺燒水也不懂！」四姨沒好氣地說。

「要不要戒吃⋯⋯」三姨問。

「醫生說，少吃含激素的肉，」二姨說：「雞翼、雞肉之類，醃製食物像火腿午餐肉也不吃。我會吃魚，也吃很多蔬菜⋯⋯」

小明媽聽了一會，說：「聽說紅菜頭很有功效⋯⋯你也買些紅蘿蔔、蘋果、粟米，洗淨去芯切件，加些蜜棗、陳皮、南北杏，加蓋大火煮十五分鐘，轉中火煮一個小時就成了。」

「是嗎？」二姨說：「那我到街市看看。」

「還是大姐懂得多。」五姨笑說。

「你呢？你康復了沒有？」三姨問。

「有心，沒事了。」

「小明，說來聽聽……」

小明想了一想，說：「媽上次跌倒入院，住骨科病房。一個資深醫生巡房，見媽臉孔浮腫，雙手皮膚薄得像紙，骨質檢查結果非常脆弱，走路時跌倒是很自然的結果。」

「那個醫生叫了學生來，拿我做個案例，教他們怎樣判斷看症……」小明媽一臉無奈地說。

「情況算不算危急？」五姨問。

「不算非常，不過要盡快動手術。」

「為什麼沒通知？」

小明沒有作聲。

三姨正和四姨說話。

小明向四姨呶了呶嘴。

五姨何其精明，沒有搭腔。

「是大手術？」三姨問。

「人體的內分泌來自腎上腺，分泌過高的話需要切除，一般情況只需切除一邊。醫生認為她要全部切除，但手術風險非常高，因為人需要內分泌支撐，切除第二個腎上腺時，醫生要注射所需物質，時間要非常精準，否則會出現想像不到的反應……」

「不是說，不過是微創手術？」

「微創手術是用幾個細小切口，以電視監察器做手術，相對傳統

外科手術的大切口，大大減小手術後的創傷，不表示做微創就是小事……」

「啊呀，這可不得了啦！別再說啦！啊啦啊唷不得了啦！」

四姨忽然大叫了幾聲。

「……所以，微創手術本質上與傳統大切口手術一樣……」小明幾乎被打斷，但仍大致把話說出來。

三姨側起耳朵：「你說……」

「微創手術與大切口手術……」

「這可不得了啦！別再說啦！什麼也不明白了啦！」

四姨又大叫了幾聲。

「……其實是差不多……」

三姨似乎覺著辛苦，皺起眉頭問：「你說什麼？」

「……兩種手術本質上一樣，只是技術上的分別。」小明終於把話說完。

「原來這樣，」三姨點頭說：「那她……」

「她在深切治療部留醫，住了三天，才回到普通病房……」

「啊唷阿啦不得了啦！」

四姨幾乎是喊出來一般。

三姨似乎有些難受，站起來好聽清楚一些。

「微創是技術，可以做大手術，傳統手術也可以很小。」小明望著三姨說。

「一次腦科，一次骨科，這次內科，你媽也挺得過來，以後不會有事的啦。」三姨鬆了口氣說。

四姨靜了下來。

沒有人問發生什麼事。

小明媽說：「我也覺得幸運，每次及早發現，又遇到好的醫生。你們不知道，每次說要動手術，我心裡不知多害怕，晚上也經常睡不著的！」

「捱過了，一切會好起來的。」五姨笑說。

二姨替大家換了茶。

「六舅父呢？」小明問她。

「他在酒店做糕點師，假期也要上班。」

「兩個表弟……」

「大兒子是壽司店主管，一樣忙死。」

「小表弟呢？」

「他？當然是拍拖去！難道放假還黏住阿媽？吓！」

四姨忽然插嘴。

小明不理，問二姨：「聽說大表弟……」

「人家三十幾歲，早已娶了老婆，剛剛生了個小孩，不知多能幹、多中用！」

四姨又插嘴說。

「好像在內地工作時認識他太太。」二姨說。

「對啦！娶了本地女孩，一家三口不知多美滿！」五姨斜視小明說。

小明直視她：「你不是說過，你不喜歡內地人？」

四姨一時語塞：「大家都是中國人，中國人即是香港人……」

「啊是？你說的跟以前不同。」

「是嗎……」

「你不看內地劇集，也說不看內地演員，剛才好像說很精彩？」

「不同了，那劇情很吸引，演員的演技也很好……」

小明再直視她：「你不是不喜歡六舅父？你怎會知道兩個表弟這麼多的事？」

四姨看著二姨說：「她告訴我的。」

「你一向不喜歡聽。」二姨呸的一聲。

「時間差不多了，」五姨說：「我們先到酒樓吧。」

「好好好，」四姨立即站起來說：「阿三阿五，我們先走，阿二你和大姐跟著來！記得關門鎖上鐵閘，別像個死蠢白痴那樣才好！」

她推著三姨和五姨走。

三姨五姨叫道：「這麼急幹嗎？你不是訂了位子？」

她們旋風似的出了門口。

二姨一臉不高興，舉起拳頭往空氣一揮。

「誰像她這樣說話？」

「別理她，」小明媽說：「她一向是這樣的。」

「你們聽到她大叫？」小明問。

「聽到，」二姨說：「也不是沒聽過。」

「什麼？」小明愕然。

「以前你媽上來，說些日常瑣事，阿五也在。我們說起阿六近況，像他在港島買了樓，八百呎大單位，全新樓盤價值千萬。她不喜歡聽，會忽然在大廳大叫！」

「是，」小明媽說：「我沒告訴你。她不喜歡聽，會忽然大叫大嚷，想打岔我們說不下去！」

「何止，」二姨說：「有時她打電話來，說不了兩句，她不喜歡我說，會忽然激動起來，說我再那樣說的話，她就要掛線了！」

「不說就不說，好矜貴？」小明媽說。

「才上星期，她一聲不響掛斷了電話。我對著聽筒說了一會，才發覺沒人回應，我對著空氣說了一陣子話……」

「她發什麼瘋？」小明媽問。

「她上來我家，說的話她不中聽，會拿起手袋就走！」

「怎麼這樣橫蠻？」小明不禁動氣。

「一向只有她說，其他人都要聽她說，但也不至於像我和阿二這樣……」小明媽說。

「她老公走了，她整個人也變了，焦慮、急躁、脾氣大……」二姨說。

「她老公走了是她的事，誰叫她的脾氣這樣臭，老公也怕了她走了，但也不應拿其他人發洩……」小明媽不忿說。

「她活脫脫是個潑婦，」二姨說：「我也出了名脾氣不好，但也不會胡亂叫些不知什麼！」

「媽入了院，她惱我不通知她，我沒立刻回覆她，難怪剛才像條瘋母狗一樣！」小明只感到怒火中燒。

「幹嗎要告訴她？」小明媽說：「她沒告訴我，阿二入院做大手術。」

「我不知道，」二姨說：「我以為她會通知你們，也奇怪為什麼一個電話也沒有。」

「以前她主動扶我，」小明媽說：「今天？你跌倒你走不動是你的事！」

「別說她了，」二姨說：「我們走吧，我和小明來扶你。」

三個人慢慢走下斜路。

到了酒樓，三姨五姨笑著揮手示意。

　　四姨稍稍側過臉來，嘴角一絲嘲弄的笑，那意思似乎是說，膽子夠大得罪我阿四？終於知道我的厲害了？

　　他們三個坐下來。

　　小明劈頭說：「阿媽自己能走路，這種場合，請我也不會來！」

　　四姨臉上一黑。

　　五姨笑說：「你在說笑，你年年都來，是孝順才真！」

　　三姨也說：「你來得正好，聽我說說我那兩個，我不明白他們為什麼總是那麼激進！」

　　「說來聽聽……」

　　整個晚上，小明和她們談論時事，不時擦出有意義的火花。小明媽讀報紙、看新聞、聽收音機，偶然也加上兩句精闢評論，四姨的世界只有娛樂一項，除了菜式合不合口味，幾乎完全沒有搭腔的餘地。

＊　＊　＊

　　週末下午，小明家開了冷氣，一家三口看旅遊節目。

　　小明媽手提電話響起。

　　她一看說：「是阿四。」

　　「別聽。」小明妹說。

　　「會不會……」

「有什麼事？不外是些無聊話。」

隔一會又響起。

「她在家打出的。」小明媽說。

「隨她去。」小明妹說。

小明妹進廚房，弄了幾碗粉麵出來。三個人在飯桌吃，又看了一會電視，覺得有些睏倦，各自到睡房睡午覺。

兩個小時靜靜過去。

小明媽電話響起。

小明和小明妹也醒了。

小明媽睡眼惺忪，看了看來電號碼。

小明妹出來問：「誰？」

「你四姨，用手提電話打來。」

「那個臭四，」小明妹恨得牙癢癢地：「老是要煩著人，不聽她的電話就不罷休！」

門鈴響起。

他們愣住。

有人不住敲門，同時大叫：「大姐，是我！阿四！開門！」

小明妹不禁頭痛，說：「她找上門！屋苑保安沒通知，就把她放了進來？」

「他們認得她，登記了就讓她上來。」小明媽說。

「開不開門？」小明妹問。

門外的人猶自大叫。

「開門吧。」小明從上床喊下來說。

小明妹開了門。

四姨搶著進來，說：「怎麼不聽電話？我不知你們在不在家……」

「我們在睡午覺。」小明妹冷冷說。

「是嗎？」四姨有些狼狽，說：「我不知道……」

「你不知道我們在不在家，還跑上來？」小明妹問。

「我到大堂坐坐，」四姨說：「直等到你們回來！」

「那又何必？」小明媽說：「改天不可以？有什麼事？」

「大姐，」四姨眉開眼笑，說：「我在花園街買了手袋，那顏色和碎花很漂亮，又有幾層拉鍊，方便你放不同的東西。」

小明也下來了。

「你老遠來，把這個手袋給我？」

「還有幾件衣服，看看喜不喜歡？」

他們三個對望一眼。

「媽，我約了朋友看電影，吃了晚飯才回來。」小明說。

「好……」

「你去吧，我和媽、妹吃些粉麵就可以了。」四姨說。

小明竭力抑制心中反感。

「昨晚擔心媽睡不穩，我黏著她睡了一晚，今天晚上到妹陪睡了。」小明看著眼前的四姨說。

四姨沒有答話。

小明換了衣服。

出門前對媽說再見，又和妹打個眼色。

砰一聲關上門。

回來時問妹：「怎樣了？」

「已經將她鏟平。」小明妹眨眨眼說。

小明媽一臉無奈。

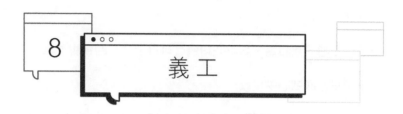

8 義工

義工，多少人假汝之名而行……
「他們走到大街上，陽光耀目刺眼，與唐樓是兩個世界。」

室內擠滿了人。

負責人高舉著麥克風，大聲問：「人到齊了沒有？」

各分隊數點人數，向負責人助手報上，然後領取物資包，分派給每個隊員。

義工取了包裹，莫不興高采烈，蠢蠢欲動，準備大展身手。

負責人笑容滿面：「本中心一年一度，中秋節送暖大行動！多謝各位踴躍參與，為本區長者和貧困戶，帶來一些歡樂和生活所需……」

大家一陣起哄。

「出發！」

各支隊伍浩浩蕩蕩，往區內各幢唐樓出發，大堂告示板貼滿活動照片，彷彿鼓勵他們加油加把勁。

小良年紀較小，和保羅、彼得、一個姐姐同隊。

途中他們有說有笑，小良不大作聲。

「第一次參加？」保羅轉頭問他。

「是的。」小良答。

「習不習慣？」

「還可以，」小良說：「沒想到這麼多人。」

「功課補習班呢？」彼得問。

「五個人一組。」

「學習方面……」

「英數兩科最多難題，小學生做作業想哭，要一步步耐心指導。」

「你能力有餘。」

「是呀，」保羅說：「你很有心，週末也來做導師。」

「小事吧。」

同行姐姐笑了笑。

「是這幢了。」彼得指著前面唐樓說。

小良抬頭，外牆裂痕處處，油漆剝落斑駁，窗戶玻璃破洞，鐵架鐵枝鬆脫，像隨時掉下來一般。

他沒說什麼。

他們沿著狹窄樓梯，一步一步走上去，到六樓時有些喘氣。

「我們一起來？分開？」保羅問。

「一起好些？」彼得也問。

「一起吧。」姐姐說：「一個人，人家感覺怪怪的。」

他們逐家逐戶敲門，微笑著打個招呼，說聲中秋節快樂。住戶見是義工探訪，不禁眉開眼笑，打開門一一收下心意禮物，又不住說很多聲謝謝。

走廊盡頭一個大單位。

他們點算一下手頭物資。

「足夠？」保羅問。

「應該可以。」彼得點點頭。

他們按了門鈴，一會大門打開，一個身材精瘦的男人出來。

「什麼事？」他打量他們一下問。

「你好……我們是社區中心義工，趁著中秋佳節，向本區街坊送上祝福……」彼得微笑著說。

「原來這樣，進來吧。」

他們對望一眼，跟著那個男人進去，只見單位分隔成多個房間。室內一片昏暗，只有窗戶透進微弱光線。

一踏進去，右邊看來是洗手間，喉管不住滲出一些水，不知是污水還是什麼，散發著十分刺鼻的味道。

他們小心翼翼跨過去。

最遠處近窗有個老人家，看不清楚是伯伯婆婆，似乎坐在一張大椅上，探頭出來向他們揮揮手。

他們也揮了揮手。

「這邊。」那個男人打開一道門。

他們走進去，房間的大光管亮著，照得一片白亮。

那個男人說：「我的床位在這邊。」指指靠牆一張碌架床。

床邊一個高身木櫃，放了小電視和風扇。

彼得笑問：「請問怎樣稱呼？」

「我叫阿堅，」那個男人笑了笑，說：「叫我堅叔可以了。」

「堅叔，」保羅笑說：「我們給街坊帶些手信……」

房間內還有兩個床位，一張靠窗，一個穿背心的胖子坐了起來，聽著他們說話，另一個床位有道屏風，裡面似乎有個坐著的人影。

「真客氣。」堅叔說。

「每人一份……」保羅把物資包拿出來，遞給堅叔。

「這是我們一點心意，」彼得笑說：「中秋佳節，人月團圓，袋子裡面有一個月餅、兩包燕麥飯、一盒餅乾、白花油、防蚊止癢膏，也有健康資訊小冊子和社區中心聯絡電話。」

「謝謝……」

小良把物資包遞給胖子。

胖子點了點頭，微微指向屏風那邊。

小良輕敲一下屏風，一把沙啞的聲音說：「進來。」

一個頭髮全白的老伯，他靠床坐著，只穿背心短褲，臉上不住流汗，肩上搭了一條毛巾。

小良說：「你好，一點心意。」

老伯點頭收下，閉上眼睛。

小良退出房間。

彼得和保羅隨意坐著，正和堅叔閒聊。

「姐姐呢？」他問。

「她去派福袋給婆婆。」保羅說。

小良點點頭。

「堅叔，你做什麼工作？」彼得笑問。

「我？我做了幾十年紮鐵工！」堅叔斟了一杯燒酒，又拆開一包花生，翹起二郎腿坐著說。

「你的臂力應該很強，」彼得展示一下手臂，說：「你看我，不去鍛鍊，肌肉又鬆弛又沒勁。」

「你要向堅叔學習，」保羅笑他：「年輕人，真沒用。」

「話不是這樣說，」堅叔呵呵笑說：「我只會做那些牛工，一天到晚不停的做，做得多懂得怎樣使力吧！」

「聽說收入很不錯喔！」彼得眨眨眼睛說。

「工資算高，」堅叔喝了口燒酒，說：「收入最高時每天上千！」

「不過挺辛苦的吧？」

「當然了，」堅叔吞了一口花生，又說：「地盤和工地灰塵大，打樁機鑽地震得人耳朵發痛。以前沒有什麼安全措施，很多工友吸了幾十年，一身毛病就出來了⋯⋯」

「肺塵埃沉著病？⋯⋯」

「對了！」堅叔拍拍大腿，說：「我很幸運，肺部做過檢查，什麼事也沒有！」

「你身體好。」

「說是幸運，」堅叔想了一下，說：「也真是幸運！不說一般棚架鬆脫，吊船、升降台、金屬支架、懸空的大竹棚也會的！工友一不小心掉下去，一個活生生的人就沒了！」

「有沒有戴上安全帶？」

「有些工友不喜歡，」堅叔嘆了口氣：「有的戴是戴了，可是結得不夠牢固，連著棚架一起滑下去⋯⋯」

「至少有安全帽吧？」保羅問。

「大家都戴，」堅叔說：「怕地盤隨時有硬物掉下來，工作環境的確危險！什麼推土機、挖掘機、卡車、貨車、傾卸車、平土機、起重機械一大堆！通道濕滑有雜物的話，人容易會滑倒或絆倒，臨時電力裝置超負荷，防水插座水線做得不好，電線到處亂成一團，工人踏

上去容易觸電，只要一個地方出問題，隨時會發生什麼意外……唉！太多了！」

「你常常在半空工作？」

「多數！」堅叔吞了口花生，說：「你們不知道，物料不應放在樓梯邊，建築物外要設擋板和斜欄，還要加上圍網，可是很多監工就是疏忽！外牆懸掛的雜物不定期清理，就算下面的臨時通道多穩固，也不要以為一定安全的呀！」

「聽你說，你應該是凡事小心的。」彼得凝神聽著說。

「當然！命只有一條，沒了就是沒了！」堅叔呷了口酒說。

「你大清早上班去？」保羅問。

「我退休了！」堅叔拍了拍頭，說：「忘了告訴你們！」

「那你是享清福了？」彼得保羅笑了起來。

「享什麼福？」堅叔攤開雙手說：「年輕時吃喝玩樂，沒多儲一個半錢，老來靠領綜緩過日子！」

「你有兒女嗎？」彼得問。

「兒女？」堅叔剝開兩顆花生，說：「我有一子一女，都成家立室了，他們也有兒有女，總算做了爺爺和外公！」

「他們有來探望你？」

「以前有，」堅叔又抓了一把花生，丟進口裡，說：「他們移民了，到外國生活，幾年才回來一次。」

「明白。」

「可以怎樣？」堅叔聳聳肩說：「他們早已長大成人，快要忘記老爸了。我太太幾年前過身了，剩下我一個，也算自由自在吧。」

大家靜了下來。

「有沒有和街坊喝早茶？」保羅笑問。

「他們每天做晨運，有時去了遠足。我只到公園看報紙，有人叫我就去，沒有就一個人到酒樓吃點心。」

「有空可到中心來，」彼得翻出單張，打開給堅叔看：「有很多活動等著你呢。」

「是？有什麼活動？……」

「有這些……」

門外走進兩個人來，小良轉頭一看，是中心兩個義工，一向是做領隊和組長的。

「大明哥哥，大德哥哥，你們好。」小良打個招呼。

大明笑了一笑。

「怎麼樣？順利？」大德眉毛一揚問。

「順利，」小良說：「他們談得很好。」

「屏風後面……」

「……老伯看來有些疲倦。」

「讓我們來！」大德一臉興奮，拉著大明一起進去。

小良出了門口，走到近窗位置，婆婆回到房中，姐姐陪著她說話。

「……年紀大，記得保重身體呵。」姐姐摟了一下婆婆說。

「……謝謝你們……」婆婆握著姐姐的手說。

小良向她們點點頭。

「你們年輕人真好，抽空來探望老人家……」婆婆臉上滿是皺紋，笑起來很是和藹：「我以為我們老了，不中用了，沒有人理會我們了……」

「怎麼會呢？」姐姐柔聲說：「沒有上一代，怎會有我們呢？」

小良微笑一下，緩步走回大房。

彼得和堅叔仍在看單張。

屏風後傳出幾把聲音，大明大德談得興高采烈，更不時有幾聲哈哈大笑。小良忍不住探頭望了一下，只見老伯在床上屈曲雙腿坐著，大明坐在一張膠櫈子上，面對面和老伯坐得很近，聽老伯說起踢足球的威水史，大德靠著屏風邊站著，一隻手托著下巴，一隻手不住在空中比劃，似乎是模仿大腳傳中的動作。老伯臉上滿是笑意，沙啞的嗓子也清晰了些。

小良轉身回到大廳，見彼得寫了聯絡電話，交給堅叔收起。

「過兩天我帶《聖經》來，一起看看。」彼得笑說。

「沒所謂，」堅叔說：「我也聽同事說過。」

保羅也和胖子叔叔談完了。

大明大德從屏風後出來，笑聲還是不絕於耳。老伯向大明大德笑著揮手說再見。

彼得、保羅、小良也和胖叔叔說再見。

堅叔送他們出門口，笑著謝謝他們到來。

「保持聯絡。」彼得眨了眨眼說。

堅叔笑了。

他們走到大街上，陽光耀目刺眼，與唐樓是兩個世界。

「大家覺得怎樣？」大明問。

「很好，」彼得笑說：「我們認識了一位朋友。」

「我也認識了婆婆。」姐姐點頭說。

「活動圓滿成功，」大德笑不攏嘴說：「那個老伯，想不到他這麼健談！」

「是麼？」保羅想了想，說：「小良送物資包時，他話也不多半句。」

「我們口才出色……」大德大笑兩聲，忽然拍了一下大腿，說：「啊唷！我真大意！我忘了和他拍張照片！」

「下次來補拍。」彼得笑說。

「是啊，我也約了婆婆。」姐姐說。

　　大德直視前面的路，笑說：「我們沿路回去，其它組別有表演項目！」

　　一行幾人班師回朝。

　　小良跟在後面，望了望附近的唐樓。

　　「你住在附近？」保羅問。

　　小良點點頭。

　　「就是這裡？」

　　「不是，乘小巴兩個站才到。」

　　「會經過這裡？」

　　「會。」

　　「那你很熟悉了。」保羅笑了笑說。

　　小良默默走著。他想起，有天出來替媽買菜，一輛的士停在橫街，車上走下一個叔叔，接過司機給他抬來的輪椅，扶起一個行動不便的姨姨。司機望了望他們，又望了望眼前的唐樓，正不知想說什麼的時候，他自己主動走上前去，問有什麼可以幫忙。司機立即說，他要趕去接其他客人，做不到什麼幫這對夫婦。小良點了點頭，著司機開車離開，免得礙著人行的路面。司機求之不得，立時一溜煙把的士開走了。他和叔叔合力抬起輪椅，一步一步踏上唐樓樓梯，千辛萬苦把姨姨抬上了八樓，途中姨姨埋怨叔叔沒用，又說今天遇到貴人了。叔叔說醫院應該讓他們坐救護車，由救護員用擔架抬她太太上去。

　　叔叔開了門，把太太推了進去。夫婦兩人對他千感萬謝，叔叔更拿出百元紙幣給他。他說大家是街坊，應該互相幫忙，婉轉拒收那張紙幣，又把中心的電話給了叔叔，說聲再見然後走了。

　　不知不覺到了大街。

　　中心義工表演完了，仍在吹彩色氣球，吹起一個派出一個，又派發肥皂泡給小孩子，四周一片歡樂熱鬧之聲。

　　活動結束，大家散隊歸去。

　　小良說聲再見。

　　他默默回家去。

9　自語

世上看似太多懷才不遇……
「他也想過找份政府優差，職位全給本地大學生佔據，
才叫他開始有些不甘心。」

他步出露台。

窗外天空一片灰色，對面是一處山坡，一個個深綠色草叢，粗生的草歪歪斜斜，風吹過來像快要甩掉。

他雙手擱在窗台上，一隻腳踏上石屎台階，好使自己站得舒適一些。

頭貼住關上了的柵欄，好一會他才重新站直。

窗外景物不知看過多少遍。

他似乎不覺得厭倦，也不為看些什麼，就這麼站著往前直視。

山坡上是一所中學，校舍很大，從這裡眺望早會集隊處、五層課室走廊和樓梯、後山一個籃球場和空地。

穿過有蓋休憩處，稍稍看到直通校門的空地，那裡有一個籃球場和更寬闊的空地……

　　鐘聲響起，是小息的時候，學生從課室蜂擁而出，衝到小食部操場籃球場教員室。校園一下子熱鬧起來，學生稚氣的臉上有陽光笑容，手裡拿著瓶裝盒裝飲料零食，在各處漫步閒聊說笑，也有你追我逐的歡笑和尖叫聲……

　　高大男生奮力為籃球拼搏，一個個滿頭滿臉是汗，女生也圍個小圈打排球，接到與接不到之間掩著嘴笑……

　　有學生在課室走廊之間追逐，也有幾個站在一塊往下望，不知說些什麼，在格格的笑……

　　教員室走廊人來人往，也有罰站和被訓話的初中生。

　　幾個教師出來又進去，似乎忙得不可開交，多年來仍在原校任教，啊當然了，不然又到哪裡去呢？

　　他看著學生年輕的臉，不知怎的越看越不順眼，覺得他們的舉止動靜不好看。球場上的所謂健兒也不好，身手遠遠不及他們以前矯健，投籃的準繩度更是差得可以，排球雖是門外漢，但接球也好得多，被罰的那些更是大大的傻瓜，早些出世跟我們那輩偷偷師，如何搞鬼也不會給逮住。那個訓導主任像個賊，不時在陰暗角落窺視，你們這些小鬼真是懂個屁……

　　回大廳開了電視。

　　早上節目重播，十多年前的劇集，藝員都是熟悉的面孔，有一兩個他早說過不會紅，看著不禁冷笑一聲，果然一直只是茄喱啡，說是半紅不黑也便宜了他們。可是誰會相信他的眼光呢？本地最多歌影視紅星的時代，人人不看好張某會大紅大紫，只有他獨具慧眼，一聽到

他歌唱比賽的演唱，即時判定他會成為國際巨星，事實證明他沒有說錯！這一代人不知錯過了什麼！那些學生聽的流行曲比九流還要差！

本地新聞報道，經濟數據上月微升，相比金融風暴前稍見改善……

啪一聲關上電視。

他想，自己外國留學，取了個成績良好的學位，在當地受聘於一家企業，半年不到已升了職，可見絕不是能力不足，多做幾年的話早已升了主管。

不是女友堅持回來，早已取了永久居留簽證。

回來後發展也不算差，薪水待遇比外國還好，可是工時真的很長、很長，但他也沒怎麼抱怨過。他也想過找份政府優差，職位全給本地大學生佔據，才叫他開始有些不甘心。

誰知一場金融風暴，公司大量裁員，失去工作後一直失業，好不容易找到兼職，又因為女友離他而去，無心工作而再次失業。

他想儲幾年錢，嘗試自行創業，可是全都成了泡影。

父母見他頹喪如斯，叫他到親戚開的成衣廠，兼做會計和出納兩個職位，趁年輕多賺幾個錢，代價是暗無天日不停地做。他勉強捱了三年，身體開始出現毛病，最終支撐不住，病倒入院住了足足半年。

那段時間找中學同窗訴苦，心裡也算有些安慰，但他始終覺得，他們不是個個體諒自己。有次小李發短訊給他，說幾年沒見，想約他見面。他們接通了電話，小李問他有什麼建議。他替母親大人送貨件到銅鑼灣，正悶著一肚子氣無處發洩，隨口說在 APM 商場吃晚飯，

那個小李好像不知道，氣得他不禁大罵說：「AM 的 A！PM 的 P！APM！你知道不知道？！你懂得不懂得？！」

小李說：「我在電話裡聽不清楚，以為你說什麼 ATM，才問你是哪個地方。你說的是創紀之城對不對？我還到過牛頭角那邊見工呢！別以為人人都是無知的好不好？我剛剛從菲律賓旅行回來，不清楚這個那個好出奇？」

他怒火中燒，大聲反問：「你去了菲律賓好久？你從小到大都是不知道、不知道！」

小李不和他爭辯，只說下次再約便掛線。

小李把事情告知小林、小劉。

他們聽了毫不奇怪。

他的脾氣越來越暴躁，早已人盡皆知。

他恨恨地想，是朋友就不要計較！人生有高有低，在低處時你們不體諒我，日後我有翻身之日，別指望我會望你們一眼！

十年沒見，相信不會再見。

「嘖！」

他不上進？他報讀碩士課程，不是失去工作早已唸完！到時申請至少做個助教有何不可？

他站起來，又走去露台，單手支著頭看著。

　　鐘聲一響，午飯時間，學生走下樓梯，魚貫步出校門，有的留在校園吃，有的忙著打籃球和追逐。

　　下午課堂開始，校園復歸平靜。

　　一班學生換了體育服，從更衣室出來排隊，然後跑圈、熱身、分組，在操場上自由活動……

　　那個小矮子體育教師，體能早已下降，十年如一日，什麼都沒有教學生，只有一招自由活動，那份薪水真好賺！

　　他自鼻孔哼了一聲，對方聽到的話，會感到羞愧。

　　大門打開，母親和工人買菜回來。

　　「你還站在那裡？交了租沒有？」

　　母親冷冷的聲音響起。

　　他等了一會，才轉過身來。

　　母親和工人進了廚房。

　　他拿起桌上租單，一聲不響走出門口。

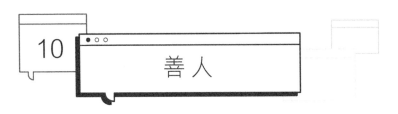

善人

人的面目，何其善變……
「……臉色一沉，似乎哼了一聲。」

「下午菲臘過來。」女秘書說。

「他親自過來？」一個女文員問。

「他跟主管談過，怕大家不明白，說跟大家見面更好。」

「真體諒人。」

「荒郊野外，兩所平房，交通不方便，他也肯來一遭，真有紳士風度。」一個女文員仰慕說。

「不是第一次，」男主管笑說：「大半年前，公司高層開會，看中這裡位置偏僻，討論政策方向最適合。」

「你聽到什麼？」女文員故作神秘問。

「我只負責安排房間，」男主管打個哈哈，說：「沒進去聽到什麼。」

「小張，你知不知道？」女文員問。

小張抬起頭來。

「別坐在角落，只會做做做，人家叫你呢。」

「什麼事？」

「上次那個會議，你負責做日語傳譯？」

「是啊。」

「是不是打算裁減人手？」

「我不能說。」小張笑了笑。

「透露一些……」

「你可以問珍妮。」男主管笑說。

「對！她負責西班牙語。」女文員轉頭望著珍妮。

「別問我，我也不能說的呀！」珍妮連連搖手笑說。

「算了。」女文員噘了噘嘴。

「這次為了什麼？」另一個問。

「這裡上班不便，不少同事提出，上班時間可否靈活些，工時也應有所調整。」

「以前呢？」

「問題積壓已經很久，高層只作視而不見，但聲音越來越大，於是將燙手山芋交給菲臘。」男主管說。

「那個方案應該是好的。」

「半年前他請吃午飯……」一個女文員說。

「你也知道？」另一個問。

「我有去嘛。」

「他初來乍到，在酒樓訂了位子，少說也有三張桌子⋯⋯」

「是呀，大家開心。」

「那個部長，一來即施個下馬威，硬說午市不設套餐！」

「那家酒樓新開，門面也好，這區有多少家酒樓？」

「那個部長有恃無恐。」

「菲臘有些為難，當著這許多人，每桌點了十道菜⋯⋯大家很不好意思。」

「他不用這麼客氣，一向是團年才一起吃⋯⋯」

「買兩打西餅就可以了。」

「副總經理笑說，菲臘請了我們吃飯，怕老婆本也沒了，可能娶不到漂亮太太！」

大家笑了起來。

「我入職時，先到分區辦事處，辦理登記等手續，在走廊的長櫈上等著，第一個見到的就是他。」

「我見黃經理。」

「我也是，他手裡拿著茶杯，經過時滿臉笑意，先來個自我介紹，問我是不是第一天上班。我想，這個人三十上下，一身衣著倒也樸實，身型看上去有些胖，難得這麼斯文有禮，於是和他談了一會。」

「高層也很喜歡他，上次來這裡開會，他招呼得他們妥妥貼貼，也不覺得他是在擦鞋。」

「他樂於替人解決難題。」

「希望他會做下去。」

中午，同事吃過午飯，知道菲臘快來，都很有些期待。

時近三點，一輛汽車駛至，在露天停車場停下。

一個身穿淺色襯衣，淺棕色西褲的男子走進來，身型仍是略有些胖，出奇的是他有穿西裝外套。

男主管出來迎接，說：「你好，菲臘，勞煩你了。」

菲臘滿眼笑意，客氣回說：「別客氣，我的分內事。」

「我安排了房間。」

「好，我看看文件，一會自行過來。」

說著進了內務組。

男主管揚聲說：「各位同事，菲臘到了，請到會議室集合。」

珍妮問：「我們也去？」

小張說：「對，傳譯組工時不同……」

男主管想了一想。

「聽聽無妨，了解一下也好。」

他們點點頭。

會議室齊集了人。同事每人一盒飲料，也有蛋糕、餅乾等小吃。

菲臘笑著進來。

同事停止交頭接耳。

「大家坐。」菲臘笑說。

同事各自坐下。

「大家知道，今天討論的是，這個辦事處上下班時間。由於地區偏遠，同事乘車上班不便，要求我向總部反映有關情況，提出可否作出一些調整……」

「我看過各區上班模式，向高層提出幾個方案，經他們檢視後認為可行，想向大家說明一下……」

「第一個方案，是分開兩個上班時間，一個是維持不變，上午八時半上班，下午五時下班，一個是上午九時，下午五時半，週六維持九時至十二時……」

「第二個方案，是改為上午九時上班，下午六時下班，週六取消不用上班……」

同事一陣起哄。

菲臘笑了，說：「很開心是不是？」

「不用上班最開心。」有人說。

「照樣支薪。」有人說。

菲臘哈哈地笑：「有這麼便宜的事？我也想！」

同事又是起哄。

菲臘笑說：「第三個方案，上午九時半上班，下午五時半下班，星期六隔週上班，早上九時下午三時⋯⋯」

「公司認為，各區上班時間不同，計及交通不方便，每星期總工時可略作調整，最終視乎各位同事意願⋯⋯」

「大家討論一下⋯⋯」

「今天不需最終定案，這幾個方案供同事參考⋯⋯」男主管說。

菲臘點了點頭。

同事交頭接耳。

珍妮忍不住看手機。

小張有些心不在焉，想著案頭積壓文件，趕著下星期前完成，不禁側起了臉，皺了皺眉頭。

他想問珍妮進度。

珍妮笑著不理他。

「⋯⋯覺得有些不公平，會不會有些交通津貼？」有女文員發問。

小張抬起頭，望了菲臘一眼。

菲臘正看著他，臉色一沉，似乎哼了一聲。

他轉過臉對女文員說：「這方面，我要跟總部商討一下⋯⋯」

小張一愕。

他想，菲臘以為不尊重他？

珍妮低聲問：「什麼事？」

「沒事⋯⋯」

「我也不想上班！太遠！」她對菲臘笑說。

「傳譯組也是？」菲臘笑問，沒有正眼看小張。

同事討論了一會，同意以投票決定，最遲下星期五完成。

然後各自回辦公室。

小張沒有多想，忙著做手頭工作，直到一個星期後才鬆口氣。

同事選週六不上班。

小張和珍妮不定時上班。

有天男主管出來。

「清潔組主管說，女工好姐跌倒了，正在醫院留醫。」

「她沒事吧？」

「腳踝扭傷，照了 X 光，發現輕微骨折。」

「大家去探望她？」

「好，明天下班？」

小張也說會去。

他和好姐一向談得來，又送電腦給她兒子用。

那天幾個同事到醫院，慰問在病床上吊著腳的好姐。

她開心得不得了，連說：「謝謝大家來！還有水果，叫我怎麼好意思！」

菲臘和男主管也到了，問好姐她的情況怎樣。

「醫生說，我左腳有些骨折，要休養一段時間。我真是太不小心了，連累了各位同事，要他們頂替我的工作……」

「公司自有安排，」菲臘微微一笑，說：「你只要好好休養就可以。」

「是的，」男主管接口說：「這是我們的分內事。」

小張電話響起。

他趕快掏出電話，他忘了調校至靜音。

護士叫住他：「先生，病房內不准……」

他邊走邊說：「知道。」

護士這麼一說，鈴聲又響了幾下。

男主管說：「先按住它……」

小張說：「我正在按……」

身旁的菲臘沒有看他，臉上神色像在說，連這種小事都不懂？

小張按停了響聲，一看原來是父親打給他。

他簡單說了幾句。

「……快些康復回來！」同事說。

「……我會、我會，」好姐說，見小張回來，向他招了招手，笑說：「我兒子很掛念你，常常問哥哥什麼時候來！」

「你康復之後。」小張笑說。

「小張一向熱心。」女同事說。

「好姐，」他說：「我有事先走。你回來之後，我一定來。」

菲臘一直沒有看他。

好姐如常上班，日子如常的過。

週末下班後，他乘一個小時巴士，到好姐家中和他兒子玩。好姐夫婦很喜歡這個年輕人，想把他介紹給同村銀姐的女兒。

有天男主管又出來。

「公司有人事調動，菲臘將會調到總部。」

「這麼快？他來了不過一年半！」

「升職？」

「應該是，職銜是高級行政主任。」

「立了功吧。」

「下星期五晚歡送他。」

「又是那家酒樓？」

「到分區那邊，有興趣者可向我報名。」

「你去不去？」珍妮問他。

「你呢？」

「約了男朋友。」

小張想了想，也報了名。

當晚一班同事齊集酒樓，加上分區辦事處，共擺了六張大圓桌。

菲臘非常高興，逐一和同事合照。

小張想走上前去。

菲臘似乎看到他，臉上沒有什麼表情，只笑著招呼其他同事。

小張止了步，坐下來聽同事說笑。

他想，他其實不需要來。

他比同事先走。

新的行政主任是個女的，凡事依足規矩辦理，感覺沒有多少人情味。

同事都說掛念菲臘。

「他不止公事……」

「樂於解答問題……」

「學歷高，能力高……」

「待人接物好……」

女同事紛紛表示不捨。

一個工頭聽了一會，說：「我有些勞工法例不明白，上星期打電話問他。他很有耐心跟我解釋，聽著也明白了很多。」

同事聽著。

「他還慰問我家人，說索償不一定如預期，叫我們好好照顧自己，」工頭笑了笑，說：「不過他的那些關心，當然是假裝的……」

「你怎麼這樣說人？人家調走了還招呼你，你還好說人家假？」

會 所

一通電話，一句失言⋯⋯

「白白浪費大好陽光，大半個下午就這樣過去⋯⋯」

「他們又來游泳了。」妻子笑說。

「上星期已約好，」他說：「小黃的女兒喜歡來。」

「屋苑不大，倒有一個直池。」

「水不深，適合一家大小。」

「小何一家當然也來。」

「他們兩家形影不離。」

「小何的兒子很安靜。」

「就像他。」

他向他們分別發訊息。

「今天什麼時候到？」

小黃先覆：「如常，下午二時。」

小何接著：「下午二時半。」

他告訴了妻子。

妻子說：「我們煮麵吃？」

「好呀。」

他們邊吃邊說。

「小黃搬到港島，來這裡倒方便。」他說。

「小黃妻有心儀學校，打算取個地址，女兒取錄機會高一些。」

「一筆過付兩年租金。」

「沒多少人負擔得起。」

「可是沒考進去。」

「聽說找到不錯學校。」

「小何倒不理這些，」他說：「最重要上學方便。」

「小何妻說，家傭還沒到呢，」妻子說：「她母親大清早過去，幫他們接送兒子上學。」

「兩夫妻都要上班。」

「這年頭誰不是？」

吃完了洗淨碗筷。

「先歇一下。」他摸摸肚子。

「不要立即做運動。」妻子笑說。

時間過去，他看看手機。

「差不多了。」他說。

手機叮的一聲。

他一看說：「小黃說有些事，要晚一點才到。」

「嗯，那等等吧。」

半個小時過去。

「小何也還沒到。」他說。

妻子說：「小何妻說，路上堵車，巴士停在公路不動。」

「始終乘火車穩妥。」

一個小時過去，他覺得有些奇怪。

「小黃他們在哪裡？」妻子問。

他發了個短訊。

「小黃說，他們在小黃妻辦公室。」

「什麼？她加班？」

「公事太多沒做完。」

「今天回到辦公室？」

「是，上班之前一定要完成。」

「那可以改期。」

「她覺得可以趕得及。」

「還要多久？」

「小黃說，他也正在幫忙，會盡快過來。」他說：「小何他們呢？」

「車子動了，一路暢通。」

「那好，」他看看手機，說：「三時半，是晚了些，還算可以的。」

半個小時過去。

「怎麼還沒消息？」他有些焦急。

電話響起。

「小黃？你們在哪裡？」

「在她的辦公室……」

「還沒做完？」

「她有一大堆文件處理……」

「你覺得要多久？」

有人拿過電話說：「快了，完成立即過來。」是小黃妻的聲音。

「小何……」

「他們到了，先到泳池玩，不用等我們。」

「好的，」他有些沮喪：「不過剩下時間不多。」

妻子說：「小何他們知道了。」

「她怎麼說？」

「車子快到，他們會等小黃，然後一起上來。」

又半個小時過去。

「怎會這樣？」他有些焦躁，說：「我也想下去游泳，可是白白浪費大好陽光，大半個下午就這樣過去……」

「你想怎樣？」

「真來不了，乾脆取消吧！」

「小何他們……」

「對不起也得做一次，看看他們吃不吃晚飯。」

「問問小黃，看能不能夠來，她的辦公室很近。」

他拿起電話，按了號碼，電話還沒有接通，有人已經說：「正想告訴你們，我們做完了，現在乘計程車過來。」是小黃妻的聲音。

他想，她電話也沒掛上，剛才定聽到他說話。

「好，小何他們在等你。」

他對妻子說：「小黃妻的電話沒掛上……」

「她聽到了？」

「應該有，」他說：「那怎麼辦？」

「聽到也好，」妻子說：「她應該早些揚聲，不應該要所有人遷就自己。」

「我還沒買票。」

門鈴響起。

他去開門。

「到了，大家都到了。」他說。

小黃一臉不好意思：「她實在太多……」

「別說了，快進來。」

兩家一共七個人，進來放下大小袋子，又進洗手間換衣服塗防曬乳。

「有沒有游泳圈、鴨子玩具、小小浮床？」妻子問。

兩個太太拿出來。

他見小黃小何忙著，用腳踏著一個氣泵，把游泳圈等等充氣。有一隻鴨子充氣口很硬，他用手指使力一扳，不小心把指甲翻反了些，少量的血立即冒出來染紅了手指。

小何妻驚呼一聲。

「小事，」他對妻子說：「給我取些棉花來。」

小黃妻早替女兒穿好泳衣，坐在沙發上看著，點點頭說：「果然是嬌生慣養呢。」

妻子替他裹著手指。

不消一會就止血了。

他把鴨子交給小黃，說：「我去塗些薄荷水。」

「他來接力。」小何笑說。

所有人整裝待發，一起衝到樓下泳池。他到會所買了票，然後上來和他們進泳池。

他看看池邊時鐘，不到大半個小時，下午這節就快完結。

一班人盡情游泳、戲水、嬉戲，小孩到小池玩水、尖叫，整個泳池充滿熱鬧氣氛，就像每個週末、週日一樣。

完了便到會所更衣室、洗澡、換衣服、吹乾頭髮。

他和妻子收拾游泳圈等物品。

回到單位。

「又是盡情的一個下午。」小何說。

「是有些匆忙，」小黃說：「總算趕得及來。」

太太忙著替孩子整理衣服鞋襪。

「吃晚飯嗎？」他問。

「好啊，」小黃說：「今天我們不到外家。」

「我們沒所謂。」小何說。

他們乘邨巴到商場，到酒樓吃了頓豐富晚餐。

晚上妻子對他說：「你聽到小黃妻說的話？」

「聽到。」

「她怎會說那樣的話？你見他們忙著，又擔心時間不夠，才手腳並用替他們充氣⋯⋯」

「她若明白就好了。」

「她看著你成長？你十指不沾陽春水？」

「我也想。」

「她一向不拘小節⋯⋯」

「她聽到我說的話。」

「誰更應該不高興？全世界等她一個。」

「小黃看來很無奈⋯⋯」

「老婆作主，他可以做什麼？」

那次以後，小黃小何沒有相約到他的家。

幾個月後，妻子說小黃搬了家。

週末他打開臉書看，見小黃兩個女兒像鴨子，一臉興奮地在會所游泳。

「原來他們也有會所。」妻子說。

「時間還早，你游不游泳？」他問。

「好呀。」

12 問 候

問候，誰才是最重要……

「……受傷的事，令我很不開心。」

她聚精會神看著電視。

「最新風暴消息，天文台將於早上七時，懸掛八號東北烈風訊號，全日制、半日制學校全日停課……」

「掛八號風球？」父母從睡房出來問她。

「是，」她說：「真好，及早通知。」

「風大雨大，路上可能有危險。」父親說。

「平日舟車勞頓，經常遇著大堵車。」母親說。

「為生計，又可以怎樣？」她說。

「我退了休，也有做兼職。」父親說。

「最幸福是媽。」

「是嗎？」母親沒好氣說：「一天三餐，大小家務，不是我做誰來做？」

「休息一天。」

「我能休息？你們不在家吃飯？」

「昨天三號風球，我陪你媽買了足夠的菜，明天十號也不用擔心。」

「天文台說，這個颱風非常強勁。」她說。

「看路徑，」父親說：「誰也說不定。」

「早餐吃什麼？」母親問。

「你煮一鍋粥，」父親說：「中午也可以吃。」

「也好，」她說：「放假沒胃口。」

整個上午看著電視。

「你不累嗎？都說大部分時間維持八號。」媽從廚房出來說。

「沒有什麼可做。」

「看別的台。」

「沒興趣。」

她靈機一動，說：「不知妹怎麼了？」

「她？她也不用上班。」

「不知她有沒有轉工？」

「轉工？這種環境轉工？」

「找到的話。」

「她可以做什麼？」母親嘆口氣說：「你叫她進修，她有聽過沒有？」

「租金貴，水電煤開支不少。」

「她要搬出去，有什麼辦法？」

「讓我問問她。」

她拿起手機，發了個短訊給妹。

「不用上班？」

「不用。」十分鐘後回覆。

「在幹什麼？」

「剛起床，沒事幹。」

「最近呢？」

「吃、睡、拉、撒、睡。」

「有沒有轉工？」

妹沒有回覆。

她也退出一會，回覆朋友短訊。

「問來幹嗎？」妹反問。

「你說過，你想轉工。」

「文員那份工太差，辭職了。」

「多久之前？」

「上個月。」

「要一個月通知。」

「接著是這份工。」

「做什麼？」

「托兒所，照顧學前小童。」

她倒是一愕：「沒想到你會轉行。」

「朋友介紹的。」

「很早上班？」

「不，下午二至七時。」

「半天工作？」

「可以說是。」

「你租的地方不便宜。」

「你不知道行情，差不多的了。」

「媽說，你租得太貴，租個小單位較划算。」

「我自有分數。」

她等了一會，想知道妹會不會開口。

「我只想知道你過得怎樣，不是打聽。」她說。

「過得去就行。」

「早上多做一份？」

「唉……」妹嘆息一聲：「姐，我的同事，比你更清楚我身體的狀況……」

「你不說，誰知道？」

「你有看新聞？」妹忽然問她。

「今早一直在看，」她說：「看得倦了，媽叫我把它關掉。」

「我不是說這些。」

「你說什麼？」

「娛樂新聞。」

「有。」

「我想說……」

她等著，以為妹終於開口。

她是隨便說些話？

「……受傷的事，令我很不開心。」

她想了一想。

「你說……」

「本地男團表演時，三個成員意外受傷，而且傷勢很重很重……」

她心一沉。

「……我哭了幾個晚上。」

「……我不敢開電視，整天不停重播，每次看到又傷心一次，哭得我枕頭被單也濕了。有同事也是他們的歌迷，大家互相安慰，才過了最艱難的頭一個星期。」

「……他們度過危險期了。我才放下心來，畢竟這個男團，在這個城市最低沉的幾年，帶給我們很大歡樂……」

她的心直往下沉。

「……你說是嗎？」

她清清喉嚨。

「可以這樣說。」她寫。

「你也同意？」妹似乎很歡樂。

「誰也不想遇到意外。」

「……他們初出道時，模樣很是稚氣，十個人分不清楚樣子。他們的舞姿很出色，一開始已經吸引眼球，比起什麼紅歌星更好，甚至追得上韓團那種勁度。很多人說唱歌不好聽，我倒覺得要給人家時間，這幾年不是一直在進步？有個別成員出了幾首單曲，那抒情的慢歌很好聽……」

「我買了第二場演唱會的票，當時觀眾已經覺得，舞台的設計不太安全，但氣氛真的很好很好，真沒想到第三場就出事……」

「你有聽他們的歌嗎……」

「電台播的話會聽到。」

「沒想到我會跟你說男團。」妹附上微笑表情圖案。

「我也沒想到。」

「下次再說吧。」

「好。」

妹回她一個 OK 手勢。

「你妹怎樣了？」母親問。

她頓了頓，說：「她轉了工。」

「做什麼？」

「好像在托兒所做。」

「夠她開支就好。」

廚房傳出砰的一聲。

「那個湯鍋！」母親叫了一聲：「清洗完了，放得不穩掉了下來！」

她想進去拾起。

父親在睡房門口出現，說：「別亂來！你做完大手術，醫生叫你不要俯下身子！」

他快步進廚房去。

「沒事了嗎?」母親喊出去問。

「沒問題!我放好了!」

她沒對媽說什麼。

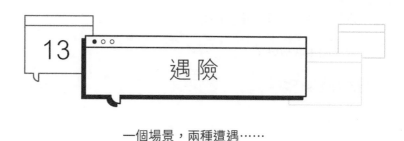

一個場景，兩種遭遇……

(1)

「什麼？小芬幾乎被人非禮？她……」

小芬的媽剛下班。

她趕快走向巴士站，唯恐錯過到站的車子。

偏偏路上的人很多，不論往左往右，總有人礙手礙腳，想快些走到車站也不行。

她越走越是焦躁，遠遠望見車站兩個人，知道巴士早已走了，不禁嘆了口氣。

她站定了，等了一會，伸長脖子張望，期望下一班車早些到站。

排隊人龍越來越長，車子一輛一輛的來，卻不是她等的那一輛。

她暗暗焦急，她還有些菜要買，她想弄個羅宋湯吃，可是昨天忘記買蕃茄和洋蔥。街市的究竟新鮮些，她不想買超市的包裝食品，更加不想買罐頭湯充數。

　　時間一分一秒過去，車子像遙不可及，平日不趕著乘車，車子一輛接著一輛，車號和目的地不同，但也駛經她住的地方。

　　她想了想，拿出手機，發了個短訊給女兒。

　　「在做什麼？」

　　「做功課。」

　　「有空嗎？」

　　「什麼事？」

　　「媽忘了買蕃茄和洋蔥。」

　　「我……」

　　「你替媽到街市買，可以嗎？」

　　「我的功課很多……」

　　「街市就在不遠處，不會花很多時間。」

　　「我不想……」

　　「你常常跟我去買菜，今天怎麼了？」

　　「今天不是假期……」

　　「乖，幫媽媽忙。」

　　「好吧……」

　　「你在抽屜取些零錢。」

「……」

「出發了？」

「快了。」

她很滿意，車子也剛剛來了。

她上了車。

小芬不情不願，放下鉛筆和功課，取了零錢和鑰匙，穿上拖鞋出門去。

她沿樓梯往下走，轉了好幾個圈到街上，到街市買了蕃茄和洋蔥，又到士多買了兩小包糖果，然後快步走回所住唐樓。

上到二樓，有人打開門出來。

一見她即笑說：「小芬，到街市買東西？」

小芬說：「你好，林太。」

林太看了看，笑問：「替媽媽買菜？」

小芬有些害羞，說：「媽忘記了買這些……」

林太笑了，說：「真乖。」

小芬不知說什麼好。

林太笑說：「我也去買東西，再見。」

「再見。」

小芬看著林太走下樓梯。

她再往上走。

到了三樓，經過防煙門時，忽然聽到一些聲音。

平常不會為意，樓梯間老鼠出沒，也會發出吱吱聲，但這刻小芬有些警覺。

門推開了，走出一個陌生男人。

小芬一驚，立即後退幾步。

那個男人高而瘦，頭髮亂成一團，身上衣服又皺又髒。

「小妹妹，可不可以幫忙……」

「我不認識你……」

「不要緊，」他沉聲說：「你跟我來。」

「不……你別過來！」小芬一直退後。

他露出不懷好意的笑，說：「來吧……」

小芬大叫：「走開！走開！」

那個男人慢慢趨前。

「走開！你走開！」小芬大叫救命。

「怕什麼？我不是壞人……」

就在這時，有人衝上樓梯，是林太。

「你幹什麼？」她大喝一聲：「別傷害她！」說著揮舞手上雨傘。

那個男人見有人，不敢亂來，立即拉開門逃去。

「你沒事吧？」林太扶小芬起來。

「沒⋯⋯沒事⋯⋯」小芬臉色發白，人也在簌簌發抖。

「看你，嚇得這個樣子！」林太把小芬一把擁在懷裡。

「來，我們回家去。」

林太扶著小芬一步步的走。

小芬不住哭泣。

到了五樓，林太開門，扶著小芬坐下。

「不怕，我們到家了，」林太柔聲安慰：「喝口熱茶，到洗手間洗個臉。」

小芬點點頭。

林太拿起電話，打給小芬的媽，把事情經過告訴她。

小芬的媽大吃一驚。

「什麼？小芬幾乎被人非禮？她⋯⋯」

「沒事，我及時趕到，把那個男人趕走。我帶了小芬回家，她受了驚嚇，但精神還算可以。我已經報了警，警察代為召了救護車。警察和救護應該很快到了，你也快些趕回來吧⋯⋯」

（2）

「什麼？小明幾乎被人打劫？他……」

小明的媽剛下班。

她趕快走向巴士站，唯恐錯過到站的車子。

偏偏路上的人很多，不論往左往右，總有人礙手礙腳，想快些走到車站也不行。

她越走越是焦躁，遠遠望見車站兩個人，知道巴士早已走了，不禁嘆了口氣。

她站定了，等了一會，伸長脖子張望，期望下一班車早些到站。

排隊人龍越來越長，車子一輛一輛的來，卻不是她等的那一輛。

她暗暗焦急，她還有些菜要買，她想弄個羅宋湯吃，可是昨天忘記買蕃茄和洋蔥。街市的究竟新鮮些，她不想買超市的包裝食品，更加不想買罐頭湯充數。

時間一分一秒過去，車子像遙不可及，平日不趕著乘車，車子一輛接著一輛，車號和目的地不同，但也駛經她住的地方。

她想了想，拿出手機，發了個短訊給兒子。

「在做什麼？」

「做功課。」

「真的嗎？」

「什麼事？」

「媽忘了買蕃茄和洋蔥。」

「我……」

「你替媽到街市買，可以嗎？」

「我的功課很多……」

「街市就在不遠處，不會花很多時間。」

「我不想……」

「你常常替我去買菜，今天怎麼了？」

「今天不是假期……」

「來，幫媽媽忙。」

「好吧……」

「你在抽屜取些零錢。」

「……」

「出發了？」

「快了。」

她很滿意，車子也剛剛來了。

她上了車。

　　小明不情不願，放下電子遊戲機，取了零錢和鑰匙，穿上拖鞋出門去。

　　他沿樓梯往下走，轉了好幾個圈到街上，到街市買了蕃茄和洋蔥，又到士多買了兩小包糖果，然後快步走回所住唐樓。

　　上到二樓，有人打開門出來。

　　一見他即笑說：「小明，到街市買東西？」

　　小明說：「你好，林太。」

　　林太看了看，笑問：「替媽媽買菜？」

　　小明舉起袋子，說：「是啊！媽忘記了買這些！」

　　林太笑了，說：「真乖。」

　　小明偷偷說：「其實我不想去的……」

　　林太笑說：「我也去買東西，再見。」

　　「再見。」

　　小明看著林太走下樓梯。

　　他再往上走。

　　到了三樓，經過防煙門時，忽然聽到一些聲音。

　　平常不會為意，樓梯間老鼠出沒，也會發出吱吱聲，但這刻小明有些警覺。

門推開了，走出一個陌生男人。

小明立即跳開。

那個男人高而瘦，頭髮亂成一團，身上衣服又皺又髒。

「小弟弟，可不可以幫忙……」

「我不認識你！」

「不要緊，」他沉聲說：「你跟我來。」

「不！你別過來！」小明把袋子舉到胸前。

他露出不懷好意的笑，亮出一把小刀，喝道：「你身上有多少錢？通通給我拿出來！」

小明大叫：「住手！否則我不客氣！」

那個男人慢慢趨前。

小明揮舞手上袋子，乘那個男人不及提防，重重踢了他的膝蓋一腳。

那個男人向前仆倒。

就在這時，有人衝上樓梯，是林太。

「小明，發生什麼事？」

「這個男人躲在門後面，藏著刀子想打劫！」

「你沒事嗎？」林太捉住小明雙手看。

「沒事！我一腳把他踢倒了！」小明神氣答。

「怎麼地上有血？」林太倒嚇一跳：「你真的沒有受傷？」

「沒有。」小明看看自己手腳。

「他跌倒時，刀子插中了大腿。」小明指給林太說。

那個男人痛苦呻吟。

「我來報警。」小明撥了九九九。

林太打給小芬的媽，把事情經過告訴她。

小明的媽大吃一驚。

「什麼？小明幾乎被人打劫？他⋯⋯」

「沒事，小明不知多英勇，一腳把個男個人踢倒了。小明已經報了警，警察和救護應該很快到了，你也快些趕回來吧⋯⋯」

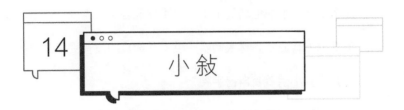

14

小 敍

一次小敍，比起以往認識的都要多……

阿明被她拉著走了五十步，才問：「你趕著走？」

「不是，」菁說：「這種地方，你想逗留多久？」

聽筒傳來一把聲音：「喂，明？在做什麼？」

「你⋯⋯」

「是我，阿菁。沒見一陣子，不認得了？」

「是你，」阿明說：「我在埋頭看書，一時間分辨不出。」

「看什麼書？以為你在聽音樂。」

「一本小說，」阿明說：「唱片買了回來還沒聽，本來想聽聽的。」

「什麼唱片？」

「一個女歌手，一隊樂隊，兩張精選碟。」

「說來聽聽可以嗎？」

「一個是瑪利亞嘉兒，最近兩年竄紅很快，怕你沒留意，其他比較另類。」

「我聽過她⋯⋯」菁想了想，又說：「其他呢？說呀，我也想知道！」

「你不會有興趣，」阿明說：「你給我錄的康妮・弗朗西斯倒很好聽。」

「你也覺得？」菁聽上去像很陶醉：「她的聲線很迷人，那首 *Never on Sunday*，我聽了足足一晚！」

「我爸是五六十年代的人，我一按下卡式機的播放掣，他就問我是誰。我說曲子雖然舊⋯⋯」

「舊不舊沒有關係，最重要的是好聽。」

「嗯，」阿明說：「你呢？有沒有看電影？我看了《藍白紅三部曲》，真是大開眼界！」

「我也覺得好看。」

「我以為自己最喜歡《藍》，但看了《紅》更喜歡，女主角拍的照很有氣質，《藍》的女主角傷心了那麼久，《白》⋯⋯」

「我倒喜歡《白》。」菁打斷阿明說。

「啊？是因為⋯⋯」

菁笑了笑，說：「戲中的女主角可以絕情到那個地步，人與人之間可以冷漠得那個樣子，我覺得非常特別！」

「難怪真白得可以，」阿明說：「你⋯⋯你自己有什麼活動？」

「我報了課程學跳舞。」

「跳舞？哪一種？」

「社交舞。」

「在哪一區上堂？」

「佐敦。」

「你的興趣真多樣。」

「呀，我星期六上完堂，找你吃下午茶好不好？」

「就這樣吧。」

　　阿明如常提早少許，趁還菁未到，到恆豐中心一間唱片店，挑了幾張最新的流行唱片，放進背包，然後回到地鐵站內。

　　阿明看著深綠色的牆壁，看著人來人往的車站，真是熟悉不過的情景。

　　「咮！」突然有人拍了他肩膀一下。

　　阿明不轉頭，只說：「知道，你來了。」

　　「你知道就好。」她哈哈的笑。

　　菁仍是老樣子，膚色黝黑，臉孔很尖很細，黑色眼鏡框又橫又粗，一身深啡色衣褲，一把散開的長髮有點亂，用一個橡皮圈束起。

　　「跳完舞了？」眼前的她，白T裇黑運動褲。

　　「是呀，剛剛跳完。」她額角冒出汗珠，用紙巾揩抹一下，問：「你呢？又早到了，去了什麼地方來著？」

阿明指著商場出口，說：「買了幾張唱片，音樂雜誌介紹的，買來聽聽喜不喜歡。」

「音樂無限有試聽，你不聽了才買？」她瞪大眼問。

阿明搖搖頭，說：「沒有這幾張，是前衛樂隊的實驗音樂。」

菁看著阿明，嘆口氣說：「一有興趣，即做專家，真服了你。」

「你也快成舞蹈天才。」

她笑了：「好玩嘛，」又問：「找個地方坐下？」

「好的，」阿明四處張望，說：「以前上學經過商場出口，那幾間餐廳都光顧過，有一家上海菜和麵食店子，你也說是好介紹的。」

她扁扁嘴，說：「那邊逛膩了，不如吳松街那邊？」

「好的，」阿明說：「經寶靈街出口去。」

他們穿過賣衣物的街檔，街道店舖都頗呈陳舊。時近中午，不少餐廳已擠滿了人。

菁說：「前面那一間？」

「隨便吧。」

他們走進一間舊式茶餐廳。櫥窗鐵架上有出爐麵包，裡面是木製背對背 L 形座位，牆身地面綠白相間的小瓷磚。

他們在靠牆的位子坐下來，放下背包和隨身物品，看玻璃壓著手寫的餐牌。伙計過來放下兩膠杯茶渣，問：「今日午餐有粟米肉粒飯、

洋蔥雞扒飯、乾炒牛河、叉燒煎蛋飯和四寶飯，中湯紅蘿蔔瘦肉！你們吃什麼？」

阿明看牆上的餐牌，說：「我放假不吃飯，要一個常餐，你呢？」

「不想吃太多，特餐。」

伙計取下耳朵上的筆，寫下常餐特餐，放下兩套刀叉，揚長而去。

阿明問菁：「你在附近學跳舞？」

「官涌體育館，一星期兩次，平日星期三晚，放了工趕得什麼似的。」

「太子很近。」

「但經常加班，」她嘆息一聲：「不到七點不能走！」

「小小辦公室，文件堆得像座山。」

「做了一年，」菁說：「我已經厭倦。」

「怎麼？」

「一般行政工作，沒有多大發揮。」

「那個商場活動……」

她笑了：「是的，我安排巴士接載觀光客，找你幫忙協調流程。可惜我想不到要張貼時間表，許多人不知道該等多久，真是失策！」她拍了拍頭。

「有了經驗，下次做得更好。」

「不會了。」

「說起來真巧合，阿康的髮型屋也在佐敦。」阿明說。

「你有去嗎？」她端詳他一會，說：「果然有些型格。」

「收費不算貴。」

「他告訴我，打算開一間大的，已經找到搭檔，店子在不遠的大街。」

「又是佐敦。」阿明笑說。

「是尖沙咀，」菁說：「我問他選擇在原區開店，是不是為了一班熟客，又說他的新店開張時，會送他一個花籃，怎知他輕輕地說不是佐敦。他若跟你說起，倒要留心一下！」

阿明伸伸舌頭，說：「算不算人情世故？」

「你呢？最近怎樣？」

阿明攤攤手，說：「畢業到現在幾份短工，正在想要不要進修。」

菁呷了口熱檸檬水，問：「進修？打算唸哪一科？」

「語文碩士課程，工餘進修，或者學士學位全日制，要半工讀。」

「全日制學位？不必了吧。你也要給父母家用，你自己也要開銷。」

「港大校外，有英國文學兼讀制學位。」阿明說。

「你爸媽怎樣看？」

「我爸常希望我進修，最好唸個法律學位。」

「我見過世伯，不像這麼望子成龍。」

「他不會逼我，但言談之間感覺到。」

菁嘆息一聲，說：「每天上班已經累死，別再叫我唸書，想起系主任那個畢業項目，做得天昏地暗……唸書？求學問？報紙也不看校園版！」

伙計把一杯凍檸檬茶插進來。

阿明啜飲了兩口，說：「說起來，還沒說聲多謝，老遠召輛小型貨車把你家的洗衣機送來。」

菁擺擺手說：「客氣什麼？我媽想換新的，但那部還可以用，才問你要不要。」

「誰知電梯壞了，上了廿一樓，要用小板車，把洗衣機一階一階樓梯硬拖下來，又怕震壞了機件，合三人之力才安全著陸。」

「是呀，全靠你爸臂力大，你還大聲說你爸硬來……我當時想，你對你爸的態度還真差呢。」

「我很少那樣跟他說話。那天他太心急，我怕洗衣機滾下去壓傷他。」

菁點點頭。

「不過，我約你和黎達昌去北京旅行，我爸不大高興，怪我不帶他去。」

「你去過了可以帶路。」

「我問過他。他說他不去了,擔心年紀大受不住。」

「世伯身體很好。」

「老人家有他的固執。」

正說之間,相隔幾個座位不遠,一個女人點燃了香煙,一時煙霧瀰漫,其他茶客仍是說個不停。

菁向阿明打個眼色。

阿明張開口,做口形對菁「說」了幾句,但不發出任何聲音。他說的是「這是茶餐廳,你期望五星級酒店的環境嗎」。

菁不說什麼,暗暗瞪著那個女人。伙計搖搖擺擺走過來,送上多士麵包、煎蛋、炒蛋、通粉、餐肉麵等。

茶客高談闊論之聲不於耳。

「今早幹什麼來著?」

「遠足。」

「哪裡?」

「城門到九龍水塘。」

「走了多久?」

「三個多小時,慢慢地走。」

「你呢?」

「在九龍公園游了兩個鐘。」

「累死了。」

「輕輕鬆鬆地游。」

「我打十八圈通宵麻將，兩個大黑眼圈。」

「自作自受。」

「我看了一整天電視。」

「我最近學社交舞。」

「你老婆知不知道？」

「關她什麼事？我學社交舞，她學插花，各有各玩。」

「老兄臨老入花叢。」

「子女長大了，留學的留學，拍拖的拍拖，誰來理我們？不找些玩意，怕快要悶死！」

菁一邊吃一邊聽著，聽到社交舞時眼裡一閃，側過了臉一望，手裡的湯匙向上一挑，濺了些湯汁在臉上。

她拿紙巾一抹，笑著低聲跟阿明說：「我也想聽聽。」

阿明聳聳肩，做個手勢，意思是「隨你喜歡吧」。

「可以約人逛街……」

「學新事物，保持活力嘛……」

　　菁略停一下，等他們說完，笑問：「不好意思，請問，你們在什麼地方學跳舞？」

　　一個男的轉過頭來，望了菁一眼，說：「我們就在附近。」

　　「康文署的課程？」

　　「不是，私人教授。」

　　一個女的點頭說：「我跟老師學了五年，一班老友說想學，於是介紹給他們。」

　　「學哪幾種？」

　　「爵士舞，拉丁舞，」一個滿頭白髮的叔叔說：「也有學排排舞，一班朋友一起玩熱鬧些。」

　　「你多找女伴學拉丁舞吧，走馬燈般更熱鬧呢。」另一個女的取笑他。

　　「胡說什麼？」白髮叔叔瞪她一眼，說：「學社交舞不能沒有舞伴。」

　　「說句笑……」

　　「真羨慕你們。」菁笑說。

　　「你呢？你也學社交舞？」最先跟菁說話那個男的問。

　　「我報讀了課程，共十堂。」

　　「喜歡跳舞？」

「我唸中學時，學過中國舞和民族舞，是學校的課外活動，於是喜歡上跳舞啦。」菁雙手支撐著下巴說。

「我女兒十多歲時學土風舞，」一個銀髮女士插嘴說：「她說舞蹈的姿態好看，舞衣的色彩鮮艷很漂亮。」

「女孩子嘛。」叔叔說。

阿明想起來，對菁說：「你唸大專時不是學過……」

「是呀，」菁半著掩臉笑說：「我跳健康舞，星期三下午，溜出課堂去玩。」

「你說是……」阿明忍不住笑。

「你還說？」菁哈哈的笑，說：「是，是減肥，怎麼樣？」

幾位長者莞爾一笑。

「我女兒彈鋼琴，學了八級，」白髮叔叔說：「現在去了英國留學，沒時間練琴了。」

「唸哪科？哪所學校？」銀髮女士問。

「倫敦大學，唸法律學位，打算畢業後唸碩士。」

「我兒子，唸建築學，麻省理工，去年畢業了。」一個叔叔說。

「回來了？」

「他留在美國找工作，在建築事務所當實習生。」

「他喜歡美國？」

「我沒問他,年輕人也許想見識一下。」

「美國生活水平不算太高,」銀髮女士說:「感覺上也很自由自在。」

「太自由未必是好事,」白髮叔叔不以為然,說:「你看許多在外國留學的,回來後變了另一個人──女的奇裝異服太前衛,男的戴了兩個耳環,頭髮剪得像崩坍了的塔,染得一片綠一片紫,還跟你說不吸大麻太落後……」

「我兒子中學時,已安排他到加拿大唸書,倒沒沾染壞習慣,大學畢業後在當地工作結婚,有一子一女,但很少回來。我一年半載就飛過去探望他。」銀髮女士說。

「大城市?溫哥華?多倫多?房價可不便宜。」另一個女士說。

「不,亞伯達省。」

「我兒子麻省理工畢業,他工作的建築師樓在波士頓,只是租一套公寓住,聽說租金很貴。我說我可以資助他買樓,他說不好,真不知道他怎樣想的。」叔叔苦笑一下說。

「年輕人,」一個女士說:「讓他們自己選擇。」

「你們呢?在什麼學校唸書?」叔叔轉向他們。

阿明和菁對望一眼。菁說:「我們在本地大學唸書。」

「那也不差,」叔叔說:「工作難不難找?」

「不算,寄求職信兩星期有回音。」

「看他們也是年輕有為的。」銀髮女士微笑說。

「沒有你們子女般幸福，學費全靠兼職和補習。」菁說。

「刻苦耐勞，真棒，」叔叔豎起一隻拇指，說：「我們那一代白手興家，有時擔心兒女捱不得苦。」

「怕他們不小心學壞。」兩個女士都說。

阿明和菁聆聽著。

「對了，」叔叔說：「你不是學跳舞嗎？我把老師的資料給你。」

「好呀。」

叔叔拿出一支墨水筆，在日報上寫了幾個字，撕下來遞給阿菁。

菁接過說聲謝謝。叔叔做了個「不用客氣」的手勢，又和幾個老友談天說地了。

阿明說：「你的生活越來越精彩了。」

「未知呢。」菁收起字條，忽然認真說。

「為什麼這樣說？」

「告訴你一件事。」

「是什麼？」

菁想了一想，說：「我找到新工了。」

「多好！是什麼？」

「那個職位叫聯絡主任。」

「哪個機構？」

「民政事務署，政府工。」

「做些什麼？」

「未算很了解，大約負責聯絡和統籌活動。」

「什麼時候考到的？」

「大約三個月前，考筆試時，前後兩個人說試題艱深，但我做完還有時間，我就知道應該沒問題，不久後去面試。上星期收到通知，兩個月後上工。」

「上次旅行，你和團友很談得來，又主動和領隊溝通……這份工很適合你。」

「希望吧，」菁說：「這間公司規模小，升職也不過是個小主任。很多人說政府工沉悶，我倒覺得視乎工作性質，而且升遷機會不止一級，也不算沒有前途。我想買樓自住，有個私人空間。」

「你做得到的。」

「你呢？還未確定方向？」

「想過到報館找工作。」

「記者？」

「未必，我爸不贊同。」

「這是你的事呀。」

「也許申請助理編輯職位。」

「試試也好。」

　　茶餐廳突然一陣哄動。伙計大聲叫著：「下午茶時間！麵包西餅十元三個！新鮮出爐大菠蘿包！酥皮大蛋撻！雞尾包！」茶客紛紛揚手高聲叫：「我每件要一個！」「我們要六個酥皮！」「奶油包大菠蘿！快！」鄰座是一家四口，做母親的死命把兩個孩子往外推：「出去！出去！跟伙計叔叔說要三個雞尾、三個菠蘿！伙計會把最新鮮的給子孩子！不要讓人家搶了去！」兩個孩子聽了直衝出去，經過他們的四方桌時，身體猛力碰了桌子一下。

　　菁深深皺了一下眉，又轉動眼珠射向鄰桌。

　　阿明低聲問：「撞到了你？」

　　菁搖搖頭。

　　這時候，小孩子回來了，興高采烈拿著六個麵包，父母摸摸他們的頭，大讚身手敏捷。一家四口張大了口，麵包一個一個鯨吞著。

　　菁一臉鄙夷，說：「那對父母這樣管教孩子，叫他們凡事去爭去搶，又貪小便宜，做這種人的孩子，將來怎會有出色呢？」最後一句提高了聲線。

　　「嗯……嗯……」阿明說。

　　菁看似忍受不了，剔起雙眉尖聲說：「這些孩子教出來的下一代，也只會一模一樣的，一代一代相傳下去！」

　　茶餐廳人聲鼎沸，除了阿明，未必有人聽到菁的說話。那個家庭仍然自得其樂，幾個長者茶客轉談新界遠足路線。

　　阿明沉默一會，說：「人家快樂就可以。」

　　「對，」菁看了看手錶，說：「我得回家收拾一下。」

「我回家聽新唱片。」阿明說。

伙計又是搖搖擺擺過來，見到幾個長者茶客，說：「嗨！又是你們！上星期怎的不見？」

「我們到大嶼山吃齋。」白髮叔叔笑說。

「吃長齋？」伙計搭著他的肩膀問。

「是的話，不會來吃乾炒牛河！」

「沒關係，還有羅漢齋飯、素飽通粉、蕃茄雞蛋意粉……」

「兒子還在唸書？」

「他？他唸什麼專業學院，好像是電腦網絡之類，打了兩年工，說和朋友做些生意，好像有了幾個客戶，忙得晚晚開通宵不用睡！」

「真有志氣！」

「廿多歲的人了，還要替他操心？別搞不好來煩我！老子刨馬經、賭狗、玩番攤、六合彩可忙得很！」說著哈哈大笑。

阿明和菁結了帳。

菁和那幾個長者說再見。他們向她輕輕揮手。

菁示意阿明快走幾步。

阿明被她拉著走了五十步，才問：「你趕著走？」

「不是，」菁說：「這種地方，你想逗留多久？」

「我常去茶餐廳……」

菁忍不住露出一臉厭惡：「不說環境，幾個老的不停吹噓自己，不停爭相比拼炫耀，子女不是留學英美就是加拿大，只差沒說牛津劍橋哈佛，聽著真令人倒盡胃口！」

「你覺得不是真話？」

「天知道，」菁冷笑一聲：「他們的友誼，就不見得很真。」

「你會聯絡他們的導師？」

「也許，但不想和那幾個老的同班。」

「那個家庭……」

「那對父母太不像樣！就像貧窮落後國家，生下來是賤民的，往後十輩子也只能是賤民！我以後以後也不會到這種地方！」菁說：「記得美麗華商場地下的自助餐？環境、食物、氣氛……完全沒得比！」

「是的，回味無窮……」

「女秘書吃喝玩樂什麼都懂，也教曉了我很多。」菁說：「是她叫我開始為自己打算！」

「啊，她，有些印象。」

菁說：「我會很忙，遲些再約你？」

「好的。」阿明簡單答。

「再見。」

阿明回到家中，開著音響，看音樂雜誌，樂得逍遙自在。

　　有天看英文報紙，見出版社聘兼職翻譯員，寄出信件試試應徵，大約一個星期收到筆試通知。

　　阿明這才想起，半年前三人行旅行的照片，菁還沒有沖印給他們。打了個電話給她，怎知她電話中大叫，說忙得透不過氣來，叫他們等等再說。

　　阿明不住說：「不好意思……」

　　三個月後，一疊相片寄來了。

　　阿明逐一仔細的看，夏日陽光下，幾張年輕的臉發光發亮。

　　他發個短訊多謝菁。她回覆說不用客氣。阿明問她什麼時候見面，她只說新的工作很忙很忙，有空她會再約他的。

　　後來回覆漸漸稀少。

　　阿明投入新的工作。

　　同事既熱心又友善，平日喜歡說說笑，從沒說半句難聽的話。

　　他覺得很幸運，半年後轉為長工，之後再沒有聯絡菁了。

回家

朋友回來老家，卻再也見不到了……

「友人回來，是他的意料之外，友人最終不見，說是意外也不意外。」

他忽然想起友人。

拿起手機，把號碼加進軟件。

果然接通了，他心裡一喜，向朋友發個訊息。

「好嗎？是我。」

沒多久友人回覆：「正想找你！」

「你也用這個？」

「以前沒有即時通訊。」

「什麼事？」

「我打算下月中回來。」

「真的？你們一家人？」

「我和太太、兒子、女兒。」

「你兒子……有沒有十歲？」

「十一。」

「女兒……」

「八歲。」

「第一次來爸的出生地。」他附上微笑表情圖案。

「帶他們來看看。」

「什麼時候？」

「不是說下月中？沒看到？」有些不耐煩。

「意思是確實日期？……」

「未定，我太太安排。」

「趁暑假？」

「那當然，到時通知你。」

他頗感興奮，通知了兩個朋友。

「到時約出來見面。」

「十幾年沒見了。」

兩星期後，收到友人短訊。

「你好，想通知你，我們一家昨晚到了，入住尖沙咀一家酒店。」

「下班後，不知趕不趕得及……」

「不用著急，我們明早乘火車到內地。」

「先去觀光？」

「我太太回鄉探親。」

「原來這樣。」

「我們在內地停留十天，還有三天留給本市。」

「會不會和我們吃飯？」

「回來再說。」

「有朋友臨時約我去日本，未知出發日期……」

「約不到就下次吧，」友人說：「我可能會多些回來。」

「我也會飛過來找你。」

「不就是了。」

每天工作忙碌，人像渙散了似的。友人遠道回來，好像給他注入興奮劑。

過幾天發個短訊。

「好玩嗎？開心嗎？」

友人幾個小時後回覆。

「好玩啊！太太回鄉探親，她的親戚很熱情，帶我們到處觀光，又乘火車到別的鎮，那吃的風味又是不同！」

「真好。」他用大拇指給個讚。

「不過不知為什麼，兒子看來不大開心，這幾天不大說話，不知道是不是不適應。」

他給了個諒解微笑。

「女兒跟著媽媽，反而樂呵呵的。」

他想了想，有些猶豫寫不寫。

一轉念，有話直說何妨。

「你兒子在外國長大，住的房子又大又寬敞，環境空氣也清新。內地房子當然也有大的，村鎮風景也應該很不錯，但不是著名景點如故宮，可能覺得沒有什麼好看，吃慣了外國的西式食物，也未必喜歡吃風味農家菜……」

「留意一下，他是不是水土不服……」

「女兒還小，無所謂喜不喜歡……」

友人沒有回覆。

他想，他一向這樣，很久才回覆一次。

忙忙忙，沒有數算日子。

有天覺得，友人好久沒回音。

等了兩天，發了個短訊。

「你還在香港嗎？」

短訊狀態：收到，兩個白剔，友人不設藍剔，不知究竟讀了沒有。

他隱隱覺得不妥。

三天後再發一個。

「會不會和我們三個見面？」

沒有回覆。

一星期後，他向兩個朋友發訊息。

「他回來了，一家人先到內地，當時還有短訊聯絡⋯⋯」

「但後來失聯了，發短訊也沒回覆⋯⋯」

「問他會不會見面，一個字也沒有回⋯⋯」

兩個朋友簡單回覆。

「啊，就這樣？」

「過門不入？」

「不知道。」他無奈答。

他躺在沙發上。

一些片段浮現出來。

十年間，他三次到外國探望友人。

第一次，友人兒子剛滿一歲。出發之前，他好奇心起，到日資公司買了個不鏽鋼煲，用 DHL 速遞過去。隔天友人寫個電郵來，說他們收到了啦！他老婆非常非常開心⋯⋯

友人上夜班，友人妻在家料理家務。他住在友人家中，晚上到景點觀光完畢，在市中心等友人下班。友人不想他等太久，著妻子駕車先送他回家。他不知道友人妻是否清楚，打了個電話告訴位置。哪知友人妻在電話說：「我知道、我知道！」語氣像是非常不滿。友人說起，妻子半年前失業，前同事都叫她小辣椒……

住了幾天，說起工作，友人妻問，介不介意說收入若干？他說了一個中位數，也問她來自什麼地方。她說她自紐約來，做過會計……友人駕車送他到機場，途中主動說起，太太來自內地廣東省……

友人一家和他外出，友人妻朋友忽然上車，是個長得很難看的胖女，一臉青腫紅印，半哭半咒罵男友毆打自己，說要回內地找他一家晦氣。他轉頭問她要不要看跌打，那個胖女像有幾分感激。回到友人的家，他想慰問一下才上樓。兩個女人本來說著話，一見他經過立時住了嘴……

第二次，一切平平淡淡，三天行程，住在酒店，不再打擾友人一家。

第三次，他下機後，友人接他順道接兒子。他已六歲，很開心見到叔叔，一路上和他說很多很多，主要是學校裡的趣事，也說屋子後院快要裝修……友人一直笑著看他們。到家時他笑對友人妻說，你兒子很活潑很多話說呢。友人妻聽了，快步跑到樓上去，下來時像沒一回事般。友人兒子也下來，似乎對叔叔不再說那麼多……他把一切看在眼裡，心裡不禁感嘆一聲，大家見面已經三次了，為什麼還像防賊似的，是有什麼見不得人的嗎……

友人陪他到市中心逛，一切隨心隨意。他說，你太太好像不大動似的。友人聽了也沒有什麼反應。友人父母和他相熟，在他回程之前

吃頓飯，友人父點了豉油皇炒麵。他覺得有些奇怪，不禁咦了一聲。友人妻立即說：「不可以嗎？」他裝作沒聽見，只和友人父母談笑風生，友人也來插科打諢，友人妻卻悶聲不響。他見大家相識一場，拿起茶壺替她添了熱茶，又說他自己到機場得了，不用勞煩友人送他。友人妻禁不住說聲：「真好。」臉上終於露出笑容。他才知道她是家庭主婦，不想外人踏進生活圈子，於是和友人握握手就走了……

友人回來，是他的意料之外，友人最終不見，說是意外也不意外。

他嘆了口氣。

一切到此為止。

16

獨坐

繁華都市，多少心靈受傷的人……
「一天復一天，好像沒有動過。」

她獨坐窗前。

窗外景物看慣了的。

兩所學校，一所小學，一所中學，旁邊一個公園。

天還未亮，街上沒人，行人路上幾棵大樹。

晨光漸現，遠處出現人影，是大清早跑步的人。

他跑得不算快，一身跑步短衣褲，戴了小小帽子，樣貌看不清楚。

有人從另一方向跑來，是個年輕女孩，手腳皮膚很白，輕便跑步裝約束，跑步時一條馬尾左右晃動。

路邊停著一排車輛，有人開動汽車駛離，也有一兩輛駛進來。

學生陸續出現，揹著書包，進校門前和老師打招呼。

家長在門口看著子女。

中學距離較遠，校門在路的盡頭，中午有學生外出吃午飯。

　　前面是一個地盤，貨車出入聽不到雜聲，再前些有一座幾層高的建築物，過了馬路是車站入口。

　　學校後面幾個私人屋苑，遠處是各式住宅包括公屋，要穿過一座很長的天橋才到的。

　　中午陽光熾烈，路上的人不多，幾個人赤著上身跑過。

　　計程車偶爾駛進來，私家車往前直駛拐個彎，在小小迴旋處轉出，沿原路再次駛出大街路口。

　　學校鐘聲響起，小學生一窩蜂湧出來，與接放學的父母會合，也有教師帶隊放學的，也有駕車接載子女的家長。藍色校服高大中學生聯群結隊，一時間好不熱鬧，看著也著實叫人愉快。

　　不到一個小時，人潮漸漸散去，車子一輛輛開走。

　　小路復歸平靜。

　　黃昏，日影斜照，校園關上大門。

　　有人跑步經過。

　　夜色降臨，遠處萬家燈火，看著有種溫暖感覺。

　　前面建築物透出微弱燈光，幾棵大樹成了巨大暗影，散步跑步的人稍現即逝。

　　她已經坐了很久。

　　她似乎不覺得倦。

　　一天復一天，好像沒有動過。

窗外景物沒有變。

有一天,她終於動了,緩緩站起來,瞥見抽屜一角有頁紙。

她拉開抽屜。

一本發黃記事簿。

她翻開第一頁。

是小時候的日記。

她逐頁翻過,她的字體很稚嫩,也加了插圖,是她用顏色筆畫的。

⋯⋯今天太陽伯伯很溫暖,爸媽拖著我的手帶我上學,我覺得很快樂很快樂。她畫太陽伯伯對他們笑,爸爸媽媽和她笑哈哈。

⋯⋯鄰居和我到公園捉迷藏。我最喜歡小芬、小玲、小美,她們的弟弟很頑皮,常常只會作弄我們。她畫她們三個女孩子,追逐奔跑玩跳飛機,又用黑色顏色筆,把三個男孩子畫得像怪物。

⋯⋯老師稱讚我的作文,把它貼堂加上閃亮星星。我很喜歡陳老師,她給我很多圖書看,又叫我學多些字句。她把陳老師畫得像賢妻良母的樣子。

⋯⋯音樂科麥老師聲線很好聽,一邊彈鋼琴一邊唱歌,一閃一閃亮晶晶,滿天都是小星星⋯⋯又叫我們也一起唱,男女同學一起唱得很好聽⋯⋯

⋯⋯美術科、勞作科最開心,她喜歡用木顏色筆畫粗線條,也喜歡畫小朋友在操場玩耍,她又摺紙蝴蝶貼在畫紙上⋯⋯

她心裡溫柔的牽動。

　　她輕輕撫著硬皮封面。

　　她取出抽屜和櫃子裡的簿子，一本一本仔細的看，有些寫著鄰居朋友的姓名、電話、地址……

　　相片中的遊樂場……

　　那裡曾經是她的夢想，那裡她曾經跑過去，那裡曾經有她的玩伴，那裡曾經有她跳繩的威風……

　　為什麼快樂的日子短暫？為什麼總有完結的一天？

　　她們哪裡去了？她們快樂嗎？有兒有女了嗎？

　　日子都到哪裡去了……

　　她滴下眼淚。

　　窗台有一個暗格，雙手按著，自動彈起，裡面放了幾本相簿。

　　她們的樣子彷如昨日。

　　她抱在懷中，放聲哭了起來。

　　不知哭了多久。

　　她伏在桌子上，良久良久。

　　她用袖子擦乾眼淚。

　　她站起來。

　　她戀戀不捨看著，輕輕撫著硬皮封面。

　　她看了最後一眼。

　　忽然之間，她把日記簿子撕毀，一本接著一本，然後丟進碎紙機，相簿也同樣撕得粉碎，小小房間漫天紙屑亂飛。

　　硬皮封面丟進廢紙箱。

　　抽屜一部舊款手機。

　　打開一看，滿載舊人舊事舊照片。

　　她一下子全部刪掉。

　　打開窗戶，她使盡全力往外一拋。

　　手機撞在地上的破裂聲音。

　　塵埃落定，一切回復平靜。

　　她坐下來。

　　她看著窗外景物。

　　日出日落，她獨坐窗前，看著窗外景物。

　　她已經坐了很久。

　　她似乎不覺得倦。

　　一天復一天，好像沒有動過。

　　窗外景物沒有變。

　　有一天，她終於動了，緩緩站起來，嘴角現出一絲微笑。

17 聚會

通訊軟件入侵疑雲，令闊別多年老友重聚……
「大家對望一眼，不約而同哈哈大笑。」

小伍高興極了。

他向朋友發短訊。

朋友一一回應。

「恭喜！」

「真棒！」

「很久沒出？」

「短篇？中篇？」

「送我一本？」

「我要親筆簽名！」

「印多少本？」

「網上賣不賣？」

「有電子書更好。」

「有沒有簽名會？」

小伍簡單回應，逐個送上微笑。

手機通訊錄不算長。

幾個名字，不知怎麼消失了。

他想起來，號碼儲存在手機，換了新的，忘了在 Gmail 更新，難怪好像人間蒸發。

小伍開了臉書 Messenger。

「小胡，我最近出了本書，想寄給你和小何。你可否告知你的地址？書很厚，你家信箱放得進去？」

「小何，我最近出了本書，想寄給你和小胡。你可否告知你的地址？書很厚，你家信箱放得進去？」

幾分鐘後，手機 WhatsApp 收到訊息。

「小伍，我在臉書 Messenger 收到這個→附上截圖→是你發送給我的嗎？是不是什麼騙案？」

WhatsApp 頭像是小何的素描。

小伍心中一喜，趕快儲存在 Google。

「是我呀！小伍！你以為是誰？」

「我正奇怪！有人問我地址，以為你的戶口被入侵！」

「除了我們，誰會叫你小何？」

「對對對！」小何哈哈大笑：「你怎麼不用 WhatsApp ？」

「電話不見了，我也忘了更新。」

「小胡也說，以為是網上詐騙！」

「原來引起了恐慌……」小伍忍不住笑：「我也寄過給小胡，一本短篇一本中篇，看來他也忘記了。」

「你的是什麼書？」

「寫成長故事，從小到大，當然有你們的份。」

「有多厚？」

「接近五百頁。」

「信箱未必夠大……」

「小胡仍住大埔？」

「是，但單位賣了，搬到村屋住，已經好幾年。」

「他的電話號碼？」

小何傳了過來。

「你什麼時候有空？」

「我家裝修，我住在酒店。」小伍說。

小何停了一停。

「他人在泰國，」小何說：「他說一個星期後見面。」

「他常到泰國，有時日本。」

「他去日本看模型。」

「十天八天，一個簇新的鹹蛋超人。」

「是呀，我常留言笑他。」

「他和太太形影不離。」

「他不外和太太逛街。」

「他也和姪兒玩。」

「你呢？你幹什麼？」小何問。

「我沒轉工。」

「工餘呢？上教會？」

「還有旅行。」

「歐洲？」

「你記得……」

「我有看臉書。」

「那你記不記得，我在意大利旅行，你問我在哪個城市？」

「好像有。」

「我說我在米蘭……」

「我叫你看歌劇……」

「你叫我什麼都看！」

「好看！」

「我聽古典音樂，歌劇卻不大懂。」

「多久之前？」

「意大利……十年了。」

「我們多久沒見？」

小伍想了想：「小陳結婚到現在。」

「他？他結婚十五年了！」

「他做什麼？」

「沒做什麼，他外父有樓收租。」

「富有。」小伍咋舌。

「他處理租務的事。」

「你和他們有見面？」

「我和小陳多些。他經常在灣仔，知道我到港島出差，會約我吃晚飯。」

「你是不是做工程？」

「是。」

「他的電話？」

「我弄個群組吧。」

一個四人群組，小何很快加了所有人。

「嗨。」小何說。

「哈囉。」小胡說，揮了揮手。

「大家好。」小伍揮了揮手。

「大家都好。」小陳最後揮手。

「小胡，新模型上漆沒有？」小伍問。

「小伍，開臉書。」小胡哈哈一笑。

「你們有看模型？」

「看模型？」

「你和小陳，不是經常到信和中心？」小伍又問。

「很久沒有了。」

「小陳？」小伍問。

「什麼事……」像沒睡醒。

「恭喜十五週年。」

「被困十五年……」小陳夢囈一般。

「哈哈，別聽他，他不知多快活。」小何笑說。

「你住在哪裡？」小伍問。

「馬灣。」

「啊,一直是。」小伍恍然大悟。

「他結了婚到現在。」小何說。

「不算……」小陳聲線微弱抗議。

「他結婚後,到紐西蘭度蜜月,住了一年才回來。」小何又說。

「多快活。」小伍說。

「我在當地留學,喜歡大自然環境,順道見見同學和前同事。」

「你在當地認識太太。」

「是,她是我的大學同學。」

「回來後住在馬灣?」小伍問。

「住到現在。」

「小陳喜歡馬灣。」小何說。

「是,但我不是喜歡海景,屋苑只有十層高,不會起得像摩天大樓,而且有五個泳池,你喜歡玩哪個也可以。」

「你爸媽住在青衣……」小伍說。

「對,方便探望。」

「小胡也是。」小何說。

「你當然知道,」小胡說:「以前住同一個屋邨。」

「小伍小陳不是。」

「我們的屋邨很大，距離很遠。」小伍說。

「小胡小黃住在鄰座。」小陳補了句。

「小陳結婚，小胡是伴郎。」小伍又說。

「你有來？」小胡問。

「有，早上婚禮，晚宴也有。」

「小陳派帖？」

「我在朗豪坊碰到他和女友。」小伍答。

「他就在朗豪坊辦酒席。」

「他告訴我，然後約我把喜帖給我……」

「碰到？碰不到可能沒有……」小胡詭笑。

「他怎會沒有？我正想通知他。」小陳沒好氣。

「小胡是伴郎，小弟是打雜工人。」小何笑說。

「你還有練二胡？」小伍問小何。

「有。」

「有表演嗎？」

「很少。」

「你不是有個演奏群組？」

「這幾年表演少了。」小何像有些無奈。

「我們幾個也看過。」

「人家愛上了西樂。」小陳說。

「啊是，」小伍說：「十年前，他約我聽奧地利鋼琴大師表演。」

「他在臉書大讚，歐洲五百年來，寫了無數偉大傑出音樂……」小胡哈哈的笑。

「啊對，」小伍拍了拍頭：「他介紹了個古典迷給我，說他自己開店賣唱片，懂得引導顧客聽音樂的口味，不像威威店只把唱片擺著賣。」

「那你有沒有到他的店子？」

「沒有。音樂口味人人不同，港台第四台多得聽不完，音樂雜誌也有不少推介，加上教會有朋友也好此道，聽多了也懂得一些……」

「小伍嫌棄你……」小胡取笑。

「沒所謂，」小何扁了扁嘴：「我也叫他上我家來，大家研究研究。」

「你們都玩黑膠……」小伍說。

「我只聽流行曲，」小胡笑說：「八十年代開始，到二千年前後，不分本地中外都聽，有黑膠也有 SACD，但我不像你和小何，我沒有玩膽機。」

「SACD 或 URCD 太多味精，不好聽。」小何說。

「你聽真些再說……」小胡抗議。

「外國的好，」小何說：「本地的都是垃圾，只有王菲一張在德國壓片的過得去。」

「張國榮的唱片，最暢銷的幾張，以前都在日本錄音，SACD系列效果很好！」小胡不服反駁。

「我買黑膠。」

「我的膽機是基本盤，」小伍插嘴說：「我在臉書看到，小何那部的膽大得像燈膽！」

「我打遊戲機。」小陳說。

「你有用臉書嗎？」小伍問。

「我？我的臉書？我只用來下載遊戲，IG也不過和網友分享打機！」

「沒有加入他們？」

「沒有，」小陳聳聳肩說：「我太太也沒有加。」

「慢著，」小伍說：「小胡說二千年前後？小陳小何約我到西貢，他們說小胡失蹤了，說他不知幹什麼……」

小胡打了個哈哈。

「他們說我像隱居，你呢？你當時在進修？……」

「算了吧小伍，我們問他也不說。」小陳說。

「上次出來是……」小何問。

「城門水塘，你駕車載我們去的。」小陳答。

「小黃回來那次。」小伍說。

「那更久了。」小何說。

「好像是二千年。」小陳說。

「大家是不是約吃飯？」小伍問。

「是啊。」小何說。

「你們來不來？」小伍挑戰似地問。

「來！怎麼不來？」小陳反問。

「怕你？說來就來！」小胡反問。

「下星期？哪一天？」小何問。

「星期三？」

「星期四？」

「星期一和五不行。」

「星期二？」

「誰星期二不行？」

「可以。」

「可以。」

「可以。」

「旺角？」

大家一致同意。

「一言為定。」

那天晚上，幾乎同一時間，齊集在餐廳門口。

大家對望一眼，不約而同哈哈大笑。

「大家吃頓好的，不醉無歸！」

他們四個人肩搭肩進去。

18 旅行

科技一日千里，叫人追趕不上……

「我不是不想方便，是不想凡事走在最前，弄個清楚明白才去用。」

天色全黑，她匆匆回到酒店。

乘電梯到七樓，用磁卡一拍，房門的鎖開啟了。

她推門進房間，脫下鞋子，放下隨身物品，把手機充電線插上，躺在寬大柔軟的沙發上，閉上眼睛好一會，走了大半天的路，全身上下感到痠痛，小腿肌肉好像石頭一般。

偌大的房間裝修雅致，淺綠的牆身配同色系桌椅，燈光柔和有溫度，令人有些家的感覺。

房間一片寂靜，她躺著有些不願起來，不自覺盹著好一會，然後醒了過來，一時不知自己身在何方。

她到浴室洗了個澡，熱水淋在身上臉上，洗去了一天的疲累，洗去了一天的污垢，人也好像精神了不少。

她開了電視，正做著當地風土人情的節目，叫她看得很有興味，又拿出蛋糕和芝麻豆乳，也叫她吃得津津有味。

手機叮一聲響，電充滿了，非常飽足，屏幕也特別的亮，WhatsApp 顯示有訊息，一看是美容班四人群組，來自 Mabel 的訊息。

「想約飯聚，大家有沒有空？」

其他人一時未覆。

她忍不住留言：「我在台中。」

「什麼時候的事？」Mabel 問。

「兩天前，哈哈。」

「不是說九月去？」

「唉……還說呢！台中很久沒打風，忽然來了個海葵，把我的行程吹掉了！」

「十號風球？」

「我不知道，當時颱風剛走，風雨仍然很大，過來也無處可去，唯有取消行程。」

「保險有沒有賠償？」

「沒得賠，航班如常出發。」

「損失大不大？」

「機票不貴，酒店也趕不及，出發前兩天才決定，當時想不到可以改期，但我已經取消預訂，不知道實際上可不可行……」

「你在網上訂機票酒店？」

「我用 Expedia，以前也在永安網站和 Hotels.com 預訂。」

「有什麼不同？」

「Expedia 選擇較多，Hotels.com 住十晚送一晚，但 Booking. com 有折扣和升級優惠，整體流程做得也較好。」

「你在酒店？」

「是，晚上六時之後，香港的天空呈深藍色，這邊已經全黑了，吃完飯回到酒店，看看電視、看看手機，也看剛買的幾本新書。」

她看到，訊息已轉為兩個藍剔。

「為什麼台中？」組員 Serene 問。

「去過台北兩次。」

「好不好玩？台中？」

「一出機場，沿途樓房矮小、灰暗、破舊，與十年前的台北一樣。」

「機場到市區遠不遠？」

「說有巴士，但見不到，乘的士去，那司機忘了按收費錶，說按著餘下的付款就可以，到了酒店四百五。我給他五百，他找回我一個五十圓硬幣，苦著臉說其實不止這個價錢。他是個戴著鴨舌帽的老伯，太太不住打給他、叫他。我笑了笑，下車後敲敲車窗，把那個硬幣當貼士給了他。」

「你有新台幣？」

「我沒去兌換店，心想到了當地未遲，又見有些泰銖，不打算再去，在香港機場兌回港幣再兌新台幣。我在台中機場，匆忙之間看不到櫃員機，卻見到有臺灣銀行的櫃檯。我兌了五百港幣，但要影印護照和入台證，又要簽署文件作實，不像其它地方有兌換店，台中市中心也沒有。」

「你住市中心？」

「是，上次颱風訂同一間酒店。市中心像彌敦道，馬路上車子很多，駕電單車代步的人更多。」

「那有什麼好玩。」

「聽說台中節奏慢，人很友善。我想感受一下慢活，但這次沒打算去日月潭、清境或大雪山森林公園……那些留待大家一起去吧。我快要調到別處上班，過來休息幾天充充電。」

「市中心有什麼好看？」

「我住在中區，第一天到臺中公園，不是中央公園，但也綠樹成蔭，很多人悠閒散步，大人帶著小孩嬰兒，也有女士唱老歌，歌聲倒也很動聽，公園裡的人停步凝神專注的聽。池塘有很多鴨子游泳。那個噴水池的水花很漂亮……」

「事前有沒有計畫行程？」Mabel 插口問。

「出發前上網看過，知道有彩虹眷村、高美濕地、國家歌劇院、自然科學博物館……到了台中仔細搜尋，還有小熊藝術村農創園區、小義大利威尼斯宮、梧棲文化出張所……」

「你都去了？」

「正想告訴你們呢。我三十號到台中，先在市中心逛逛，第二天乘的士——問酒店職員，原來在外圍才有高鐵火車。我住台中市中區，那裡是沒有捷運的——出發去彩虹眷村，車程大約二十分鐘。到了那個村子，我急不及待逐個位子拍，屋子外牆的畫很有童真，色彩非常斑斕，最開心的是，彩虹伯伯還健在咧！他今年一百歲了，坐在輪椅上笑著和遊客拍照，當中不少是香港人，已經來過不止一次了。我也排隊和伯伯合照，在他耳邊低聲說，謝謝你為我們付出。他沒說什麼，舉起 V 字手勢拍照，那笑容真是非常燦爛！」

「很羨慕呀。」Serene 一個讚嘆表情。

「可惜呢。」

「什麼？」

「我一號到了彩虹眷村，二號打算到小熊樂園。誰知上了的士，司機說樂園關閉了，原來他途中好奇上網，看到關閉園區的通告。我以為只是公告，未必當天生效，但司機說已經關閉了。我看了心情一沉，叫司機轉去威尼斯宮，那路程比去彩虹更遠，而且位置偏僻，十一時才開門營業，下了車根本不應放司機走，因為不知道往哪裡乘車。我走回大路，見有巴士站，但站錯了方向，又不敢橫過快速公路，一輛的士來了我立即跳上車……」

「算你走運啦！」

「我直去小日本梧棲區，由南屯區去西屯區，車子駛過公路暢通無阻，不過也要半個小時，乘的士合計花了幾百元。到了目的地，原來只有一座日式小建築，門口有兩個巨大雪糕杯，也擺放了京都的許願木牌，裡面有日式庭院和魚池，還有一個藝術家作品的展覽！」

「很吸引啊。」雙眼星星發光。

「一對老夫婦，說國語和英語，看來是海外華僑，問我是不是拍照，主動替我拍了幾張，又告訴我對面有座廟。我進裡面看了，出來時他們告訴我，往前走是是漁港有海鮮吃。我謝過他們，一路直走，發覺廟宇很多很多，其實日式建築旁邊已有一座很宏偉的，誦經的聲音不斷傳過來，但前面的更大更宏偉，可是什麼海鮮店也沒有。路的盡頭像個貨櫃作業場，也有一些新式樓房。我想回到市區，截停了一輛的士，女司機卻說正前往接客。旁邊油站一個中年男人，聽我說中區民權路，說他也住在那區，可以載我一程，叫我替他踏著氣油膠管，免得加油時像蛇一樣亂竄。我本來也想，替他踏了一會，但……」

「不要呀，你一個女孩子……」一臉驚惶。

「對，他看上去四平八穩，笑容也很友善，但誰知道會不會變臉？我客氣說謝謝他，說也許去高美濕地參觀。他說那地方很遠，我改口說先回臺中港，然後沿原路回頭走了。那對夫婦先前站著的地方，原來是個巴士站！我看準了時刻表，車子比原定時間還早。我沒有當地的乘車卡，問司機車資多少，我口袋裡碰巧有百多元零錢，六十元足夠有餘，不過，台中公車不都最多二十元嗎？不知怎麼叫我付六十，算了，最終坐了一個多鐘頭的車，像觀光似的在台中市繞了一圈，其實也正合我的心意呢！」

「好羨慕呀。」

「好羨慕呀 ×2。」

「我知道安妮公主花園，中社觀光花市，有風車鮮花鼠尾草很漂亮……但我……」

185

「想等他陪你去？」Serene 送上兩個紅色心心。

「我們陪你去，」Mabel 做個鬼臉：「那是女孩子的玩意！」

「沒所謂……」她回一個臉紅紅圖案。

「你吃什麼？台灣牛肉麵？」Mabel 附上一碗麵。

「初到市中心，到手作小店吃意大利粉，非常美味好吃！當然也有牛肉麵，配料湯底味道很濃，專吃雲吞餃子的也有，有天中午去商店街吃了。台灣店子的人招呼很有禮貌，看上去有種憨厚的傻氣。午飯時間的白領男士，卻不大友善呢，幾個高大的站著乾瞪眼，好像不想你佔用一個位子似的……由於晚飯較早吃，我到便利店買壽司。呀對了，我也吃過像香港三餸飯的，不過多吃菜蔬，只吃了一隻雞腿，大姐對我說了句什麼，一時之間聽不大懂，只點點頭算是答了她。她二話不說拿起刀子，把雞腿斬成三件，原來是問我要不要斬件！」

「哈哈。」

「哈哈 ×2。」

「還有冬瓜茶，飯後一杯，清熱解渴。」

「也吃過日式拉麵，水準一般。」

「呀對了，台灣的小店收現金，信用卡不收的，市中心找不到兌換店，我帶了兩張提款卡，但有一張櫃員機提不到錢，回來檢查一下，原來海外提款功能沒啟動，但我明明是做過的。你們知不知道為什麼？」

兩個問號。

「是同銀行的信用卡，無故被預訂的酒店扣了數，銀行職員說即日已退回款項，但我仍不放心，要求發出一張新的，所以海外提款設定取消了。別的銀行不是，提款卡和信用卡分開處理，可能因為，花旗那個戶口是半虛擬的吧。」

「那怎麼辦？」Mabel 問。

「開手機程式重新啟動，但當時不用酒店的 Wifi，用自己的數據卡，怕黑客入侵損失慘重。我也有另一張提款卡，但 A 銀行提到現金，B 銀行卻不可以。台中的銀行名稱很有趣，什麼土地銀行也有……我留意到，有銀行是指定辦理外幣兌換的，不知有沒有關係呢？我到一間叫永豐的銀行提款，就是專辦外幣業務的。」

「你仍到銀行兌換？……」Serene 也問。

「對呀，我不想把存款用得太多，我也帶了不少現金。我到最大的臺中銀行，職員叫我到別間兌換，說不收手續費的。我半信半疑，問清楚另一間的職員。他們說可能臺中銀行分行不收港幣，而他們也會收取手續費二百元，問我要還不要。為了身上有足夠現金，只有照辦算了，又是護照又台證又是批簽，足足半個小時才辦完。職員也有英語和日語專辦人員……」

「你沒有用 Line Pay？」一直沒參與的 Karen 忽然問。

「沒有，以前用過，現在只用 WhatsApp。」

「你用 Line，把信用卡加進去，乘的士消費也收的，省時方便。」

「多謝提點……」

「網上早已有資料，你旅行前沒有做 research？」

「有搜尋景點呀。」附上滴汗符號。

「我到泰國旅行用 Grab 叫車,手續費不過泰銖幾十元,非常方便,你也不知道?」

「我到泰國用現金,一來兌換方便,二來不大放心。以前我也用 Google Pay,把信用卡加進去,到騙案一宗接一宗,我取消了沒再用……」

「你上網訂機票酒店購物,也會遇到黑客也不安全。你用不用?」

Mabel 和 Serene 沒有作聲。

「的確是,」她想了一想:「不過公司網站,是直接購買產品或消費,但 Line Pay,Google Pay,Apple Pay……是第三方支付工具,不是直接消費的網站。我在網上購物,也被黑客入侵,不止一次盜用幾萬元。銀行職員反應很快,立即打電話或發短訊通知我,款項也成功被截和追回。」

「那是你幸運。」

「不完全是,最近的騙案銀行不賠,理由就是第三方支付工具,責任和風險的承擔有待釐清。我不是不想方便,是不想凡事走在最前,弄個清楚明白才去用。世界上無數應用程式,安裝在手機也是不是安全?會不會盜取了個人私隱?」

「現在還有什麼私隱?只要上網,只要有一部手機,監聽、監視、監控無處不在。」

「對,但我們總有個人選擇吧。香港不流行 Line,我也只用基本的通訊軟件。」

「我不是完全不知道，我想，支付工具這些，召車付費當然可以，但小店食肆看來只收現金，是不是每次都應先問一聲，店主有沒有安裝 Line 或支付寶、微信？」

「的士途中不停播選舉廣告，有時彈出歡迎用 Line 和其它的畫面，但是不是每輛車都收呢？召車是不是真的隨傳隨到呢？電子網絡接不通會是怎樣？多兌換現金有什麼問題呢？我只是提提大家而已。」

大家靜了下來。

「有沒有到誠品書店？」Mabel 問。

「有呀，但只到過 Sogo 那間。朋友介紹中央書店，說是上世紀三十年代的，倒也古色古香。」

「女文青，合你口味。」

「呀對了，我真幸運，那幾天碰巧有藝文活動，主題是『幸福台中儀式感』，是在台中舊火車站改建的綠空鐵道，靠近我住的酒店大街，有寫生繪畫、盆栽花藝、精品擺設、心意咭設計、手作皮革工作坊、各式樂團音樂表演……秋天陽光明媚，藍天白雲，半空路軌之中，感覺真是非常愜意……」一臉陶醉。

「是嗎是嗎……」Mabel 非常好奇。

「一起去吧……」Serene 非常興奮。

「好呀好呀……」她的笑，彷似兩頰塗了胭脂。

19

智者

多少足智多謀之士，湮沒於「生活」二字之中……

(1)

幾個同事飯聚，談天說地……

「這個地方，從來不像學校。」黃 SIR 笑了。

「是我，老李！」一把尖銳的聲線叫：「你在家真好！我有很多很多事要跟你訴苦！」

「老葉？什麼事？」

「有個同事，」她尖叫：「她穿了一條水藍色裙子！」

「有什麼問題？」

「她，她在我面前飄來飄去，硬要我看她穿得好看，氣死我了！」

「你會不會太敏感？」

「不會！」她聽上去很激動：「她像跳草裙舞一樣，那條腰左扭右扭，還斜視我去年買的啡色套裙，那眼神很明顯帶著蔑視，暗示我穿不起她那條裙子！」

「她穿她的，你當看不見就是。」

「我知道！我整天埋頭批改習作，當作看不見她，但眼角總會瞄到一點點！」

「那就可以了，」小李說：「你找我就是說……」

「不止這些，」她說：「黃 SIR 想約我們喝茶。」

「有些時間沒見了。」

「我問了老陳，她也能來。」

「那好呀。」

「到時見。」

星期六早上，小李乘地鐵到觀塘，上了一家酒樓，在喧嘩吵嚷的眾茶客中，找了一陣子，見他們坐在靠窗的一桌。

「早，老李，」陳小君眼尖，對他揚揚手說。

「大家早。」小李打個招呼說。

「你來這裡不遠吧？」黃 SIR 滿臉紅光，說：「會不會太早？」

「不，我早起，只是出門不早，其實快吃午飯了。」小李說。

「我絕少約同事，」黃 SIR 笑容可掬，說：「大家算是談得來。有些事情不方便在校內說，於是問她們出不出來。」

「當然出來！」小葉搶著說：「在教員室什麼也不能說！一說就惹來一身是非！」

「辦公室環境向來複雜。」陳小君嘆口氣。

「老陳，你比我早兩年入職，見過不少？」小葉問。

「當然啦。」

「你們真有趣，」黃SIR笑呵呵說：「這麼年輕，互相以老什麼的來稱呼，那我豈不是成了師叔祖？」

「忘了什麼時候開始⋯⋯」他們三個笑說。

「說到資歷，你們怎會比我深？」黃SIR托托眼鏡說：「我做了十五年，算是學校的老臣子了！」

「你先來還是校長？」陳小君問。

「差不多時候，」黃SIR想了想，說：「我認識他很久了。」

「你和他相熟嗎？」

「我知道他老狐狸的手段，他也知道我只求工作安穩⋯⋯大家太了解對方，懶得花時間裝作友好，總之他走他的陽關道，我走我的獨木橋，互不相干就是！」

「校長對我們很好。」陳小君有些疑惑。

「你們怎會明白？他在人前當然要裝好人，對每個人都咧開嘴笑，誰知道他和一班心腹說些什麼？」

「你和誰最相熟？」小葉問。

「我和老鄧算是談得來，還有老梁、老譚和英文科主任黃翠茹。」

「怪不得鄧SIR結婚你也去，」小李說：「他連我這個小伙子也邀請，真是受寵若驚，但他見我到賀真的很開心。」

「他這個人沒有架子，」黃 SIR 笑笑說：「誰也可以談上半天，但他們的出身是一班廠佬，對著學生只懂大吼大叫，根本不算懂得教育，只是一班混飯吃的粗人。」

「體育科戴 SIR 也快結婚，你會去嗎？」

「你說戴松高？他請我也不會去！」黃 SIR 大搖其頭。

「為什麼？他坐在我旁邊，他運動型，我不是，但他倒也友善，除了取笑我對學生一籌莫展……」小李說。

「別跟他說太多。」陳小君噓的一聲說：「他和陸敏詩同夥的！」

「還是小陳機靈！」黃 SIR 輕拍一下桌子，說：「那幫人常相約下班後去玩，唱歌、大吃大喝……當然少不了說同事壞話！」

「她身為老師，不停以美少女自居，又和訓導科的張小蘭、體育科的尹幹智在教員室追逐嬉戲，看得學生也傻了眼，加上校務處的幾個女職員，吱吱喳喳吵吵鬧鬧，看上去簡直像個遊樂園一樣！」陳小君很看不過眼似地。

「這個地方，從來不像學校。」黃 SIR 笑了。

「她是科主任，」小李說：「教學上需要討論的地方，談起來也算順暢。」

「你對她沒有直接威脅，」黃 SIR 說：「但你忘記了，你上學期考試給分的標準太鬆，你那兩班成績好像很好，她對你說的話便句句有骨？她說，現在誰及得上你了？她瞟上瞟下的說著，恨得牙癢癢的樣子，你看不到嗎？」

「我以為她是說笑……」

我對著她好幾年，怎會不知道她的心思？」黃 SIR 冷笑一聲：「萬一校內給分太高，兩年後公開試全軍盡墨，她不在校長面前盡情踐踏你才怪！」

「學生公開試考得好成績，她會將你除之而後快。」陳小君說。

「我就是想到這點！」黃 SIR 一拍大腿，說：「看報紙見政府聘行政主任的廣告，找個藉口叫了他出去，把它塞在他的口袋裡。」

「你知道我唸公共行政，叫我去試一試，又說市道其實很差，還是申請政府工最好，因為是政府聘用我，不是一個校長……」小李說。

「你有沒有？」

「沒有，」小李說：「我是辭了職，但行政主任要求很高，有同學做了沒幾年頭髮也白了。我接些兼職做，做個自由翻譯工作者。」

「那也好，」黃 SIR 笑了：「自由自在多逍遙。」

「陸敏詩是賤人！」小葉罵了一句。

「你要小心些！」陳小君說：「她坐在你後面！」

「我怎麼知道？那次她和張小蘭跑進來，左一句煲老藕，右一句老牛吃嫩草，哼！校務處那幾個女人也來笑我！」小葉憤憤不平。

「唉……你還說？」陳小君看她一眼，說：「你把 3D 那個小胖子留下，說他上課不聽書頑皮。你叫他到課室去，說他的長相像胖豬，又說外貌像豬的學生都很可愛，有什麼事你都可以幫忙……他那種頑劣的街童，聽了這些怎會不說出去？你留著他大半個小時，慶幸老李經過，叫你把學生放了！否則不知還有什麼更難聽的話！」

小李點頭：「我叫老葉放那個男生走。」

「我怎麼知道？」小葉漲紅了臉：「我只想幫幫他……」

「張小蘭在校內遍布線眼，」陳小君四處張望一下，小聲說：「學生不知跟她混得多熟……那次陳月娥也看不過眼，叫了一聲『陸敏詩！』，那個賤人才住口不再戲弄你。」

「陳月娥人很爽直。」黃 SIR 點點頭。

「體育科的尹幹智，別看他像小伙子一個，但他不笑時樣子很陰沉，機心很重，有時陪校長一同去吃飯！他還說不知道高層那許多事……」陳小君越說聲音越小。

「你開罪了陸敏詩她們，要小心了。」黃 SIR 說。

「我沒作聲，」小葉繃緊臉說：「只是批改作業，不去反擊，再有一次……」

「你別亂來，」陳小君緊張兮兮，說：「當心在校長面前打小報告！」

「他們什麼都做得出，」小李說：「我買了支卡通圖案鉛筆，過了幾天不見了。後來不知聽誰說，陸敏詩和張小蘭約了學生，在學校玩了一整個過末，但張小蘭說只是在操場打籃球，陸敏詩這才有些心虛說：『那豈不是在說我？』我想，她是不是把話說在前頭，好讓別人不去懷疑她？」

「當心她使骯髒手段，把什麼賊贓丟在你的座位！」黃 SIR 又是冷笑一聲，說：「我坐在她不遠處，處處小心提防，但也沒有想過去害她。她小人之心度君子之腹，有時見她說餓了，拿嘉頓麵包給她，

可她看也不看一眼，還到處跟人說我是個傻的！我知道他們是這樣說我！」

「他們……」陳小君說。

「我知道，」黃SIR嘆口氣說：「那次有個同事體罰學生，可能不小心重手了一些。家長前來學校了解，到校長室談了很久。校長說家長不打算追究，不過他要做個檔案記錄。同事議論紛紛，不知應該怎樣處理才好。我提議寫『過度懲罰學生』，全校老師一致同意，但陸敏詩她們有心搞鬼，在師生中間說我擦校長的鞋。呸，我一把年紀，要擦那個阿斗的臭鞋？」

「她們的嘴巴有毒！」陳小君有些發抖。

小李說：「我初入職，不懂人情世故，又不知到哪裡買吃的，給了她五百元買零食。她和張小蘭兩個尖叫『錢呀』！然後買了一堆不知什麼東西，只把百來塊找回給我！」

「你給她們？給我才對嘛！」小葉尖聲叫。

「難怪她們對你沒什麼。」陳小君說。

「別說這些了！」小葉皺眉說，又問：「黃SIR，你一直住在這區？」

「是啊，」黃SIR屈指一算，說：「住了三十多年。」

「你上班……」

「是有些遠，」黃SIR說：「以前我駕車，現在不。」

「咦，老李，你先前在這區代課，下班有沒有找黃SIR？」

「沒有，」小李看黃 SIR 一眼，說：「下了班匆匆走了，約黃 SIR 的話要等他放工。」

「放假見面最好。」黃 SIR 點點頭。

「你代課真好，沒有壓力。」陳小君一臉羨慕。

「學生活潑好動，有些頑皮很正常，同事也很友善。」小李微笑說。

「你走那條斜路。」黃 SIR 說：「我就住在那兒附近。」

「私人屋苑，看上去非常實用。」小李說。

「這層樓供了二十年，」黃 SIR 又嘆了口氣，說：「你別說不辛苦，所以我叫人不要買樓！」

「買樓不好？」陳小君瞪大眼睛：「不是說，有磚頭傍身最好？」

「不一定，」黃 SIR 搖搖頭說：「為什麼不申請公屋？有政府津貼，不用每個月付利息，打工幾十年為幾百呎單位……」

「新界區的什麼山莊低價……」陳小君雙眼發光。

「李嘉誠想騙你們進去住吧了！」黃 SIR 指著報紙上廣告，說：「住客會所五星級酒店水晶燈？別上當！你根本享受不到！你的單位是自己付錢裝修的！」

「比起市區算便宜……」

「信我！他騙你們去當開荒牛！」黃 SIR 看來有些著急：「你們想想，新界西北到市區的車程多久？每天上班花多少時間？二三十年下來，那車費夠不夠去日本二十次旅行？」

「聽說會興建鐵路，也有巴士……」

「等你們住了進去才動工，到交通網絡完善了，沒有十年也有八載！」

「始終便宜……」

「你說便宜？物業值不值錢，是地段位置決定，但本地樓房不值這個價錢！我看是泡沫的成份居多，什麼時候爆破真是天曉得！」

「人都想改善居住環境，」陳小君不解說：「難道買居屋、夾屋也不好？打了個折，不算替地產商打工？」

「賣居屋來津貼公屋，你說哪一樣划算？居屋質素比不上私樓，夾屋在居屋與私樓之間，但賣樓時都要補地價，視乎你是不是長期自住。」

「公屋環境……」

「舊區舊式的差些，」黃 SIR 點點頭說：「新落成的公屋，設施和配套都很不錯。」

「不用供樓，我盡情到日本 Shopping！」小葉握著雙手說。

「兌了日圓沒有？」黃 SIR 問。

「兌了一些，怎麼了？」

「日圓兌美金升值了很多，現在誰也看不透走勢，你自己留意留意。」

他們都不大懂。

　　陳小君對小葉說：「你供什麼樓？你和你外婆同住，紅磡舊式唐樓，等舊區重建收樓賠償也好。」

　　「別想那個，政府未必賠足，」黃SIR說：「樓宇太舊，把單位賣掉更好，不計管理費，光是保養維修又一大筆！校長告訴我，他在何文田買了個單位，不說樓價，只是車位也花上百萬！」

　　「你當初為什麼買樓？為了結婚？」小葉問。

　　「說對了，」黃SIR長長嘆口氣，才說：「父母覺得男人應該有個物業，才去結識女孩談婚論嫁。我師範畢業後，再到浸會學院進修，修讀中文中史畢業。那時不比五六十年代般困難，總算找到教職，還是津貼文法中學，一教就是十年。」

　　「你太太也是教師？」

　　「是，她教音樂，是我同事。婚後我轉到另一所學校任教。」

　　「你太太應該很有音樂修養。」

　　黃SIR忍不住笑：「她還私人教授，一個個學生輪流上來，那鋼琴小提琴單簧管的樂器聲，從來沒有一刻停下來，躲進書房睡房也聽得清清楚楚……」

　　「天天有免費音樂會聽。」小葉哈哈的笑。

　　「這還不算！」黃SIR拍拍手上報紙，說：「她一有空，到市場買了菜，一回來就說個沒完，不停說我這個那個，什麼東西沒有放好，喝完了的茶杯不去洗，長短袖襯衣不分開掛起，窗台的塵垢三個月沒打掃，兒子的學費匯了款沒有，有時把她的樂器一件件放好，又叫我小心別要碰撞損壞……我快要給她煩死了……」

他們不禁笑起來。

「黃 SIR，你是不是在本地出生的？」小葉問。

「說到我的身世，足足有一匹布那麼長，」黃 SIR 的語氣像說書人般：「我是新界圍村家族的後人。我父母及早脫離了那些人，現在已經再無瓜葛，鄉親以為我們早已不在香港。我大專同屆畢業的同學，以為我到了加拿大……」

黃 SIR 撥撥額前白髮。

「你平日在家有什麼事做？」小李問。

「看書，」黃 SIR 呷了口茶，說：「人生的最大樂趣！」

「你看什麼書？」小李問：「我喜歡看小說。」

「我唸文史哲，古籍古書看了不少。」

「喜不喜聽流行曲和電影？」小葉問。

「我什麼都喜歡。」

「鄧 SIR 結婚時，見你拿著兩張影碟，我問你是不是租的。」小李說。

「我不租碟，只會買。」

「你的兩張影碟……」

「一張是《舒特拉的名單》，一張是《護花傾情》。」

「好看！」小李豎起拇指。

「第一齣不用多說，另一齣出色的不是劇情，是導演拍攝的角度，有一幕朦朧的陰影效果，非常特別。」

「電影歌曲很動聽，雲妮侯斯頓主唱的幾首……」

「她的模樣像隻黑猩猩，導演要用角度補足，加上柔鏡濾鏡才見得人！」黃 SIR 哈哈笑起來。

「看不看港產片？」小葉一臉興奮。

「六十年代已經看。以前我走遍所有戲院，港島九龍新界！」

「你懂不懂得攝影？」陳小君插嘴問。

「我的興趣很多，」黃 SIR 笑答：「攝影是其中一種，一有空就拿著那部 Canon 到處拍照，以前是黑白和彩色膠卷，我那幾部相機還在。現在是數碼攝影時代，我覺得 Sony 拍的效果不錯！」

「專業相機太貴，沒那麼多錢，用傻瓜機算了……」陳小君笑說。

「大家價值觀不同，」黃 SIR 笑笑說：「小陳你這麼實際的人，到日本旅行，也會挑物有所值的買？」

「當然啦！」

「你和小葉應該愛看日劇？那些俊男美女，多少是經過拍攝效果的。舉個例子，香港那個張栢芝，為什麼有時漂亮有時不？那就是拍攝手法的高低。」

「我不喜歡她，」小葉扁扁嘴說：「我覺得她很粗鄙。」

「周星馳的電影，好不好笑是一件事，有哪一齣不粗俗？她是演員，演的是劇中的角色。」

「我覺得是她真人，」小葉的嘴更扁：「我喜歡電視藝員宣萱。」

「我覺得她很造作。」陳小君翻翻白眼。

「怎麼會？」小葉雙手托住兩腮，說：「我覺得她很直率可愛……」

黃 SIR 笑說：「電視藝員有多少個張曼玉？不必太認真。」

「黃 SIR，想不到會留意娛樂新聞！」

「不說你們不知道，我年輕時和黃淑儀合作過。她對我說，她要跟我多多學習！」黃 SIR 說著一臉自豪。

小葉瞪大眼問：「合作什麼？電視劇集？」

「寫舞台劇劇本。」

「那你聽不聽流行曲？會不會覺得很俗？」

「萬一你有偶像，我說不喜歡，那怎麼辦？」黃 SIR 呵呵的笑。

「我？我當然喜歡黎明……」

「我覺得四個之中，只有張學友懂得唱歌……」陳小君又翻翻白眼。

「比不上日本歌星！」小葉一臉陶醉。

「不少人喜歡什麼舞王。他到台灣拍個電單車廣告紅了，他是舞蹈藝員出身，歌喉其實算不得什麼……」黃 SIR 說。

「我不喜歡。」陳小君說。

「你們少聽呂方，他的歌很好聽。」黃 SIR 微微一笑說。

「《彎彎的月亮》？」陳小君問。

「這一首歌廣為人知，但有幾首我忘了歌名，歌詞填得很有意境，曲詞渾然一體⋯⋯」

「黃 SIR，你知道得真多！」小葉說。

「我跟誰也談得來，天南地北說上半天！」

「我聽收音機夠了。」陳小君搖搖頭說：「我只喜歡迪士尼！我去過東京的樂園！」

「本地的規模太小。」小葉說。

「我喜歡海洋公園，」小李說：「擴建本地特色主題樂園最好。黃 SIR 你覺得呢？」

「本地好些，興建一個迪士尼，其實是一種文化入侵！」

「總之好玩好看。」陳小君一臉陶醉。

「你膠袋裡的是什麼？」黃 SIR 問。

「呵，」小李取出一張影碟說：「英國歌星佐治米高的記錄片。他說自己不喜歡當萬人迷，希望樂迷把他認同他是創作歌手。」

黃 SIR 看了看，沒說什麼。

不知是否看錯，黃 SIR 彷彿有一絲訕笑。

小李想，是因為太冷門了？黃 SIR 看來不大認識，是因為不再是 Careless Whisper 或 Last Christmas 紅遍全球的時代？

「黃 SIR 你不知道，他聽英文歌入了迷，簡直陷入瘋狂狀態！」陳小君白了小李一眼。

「是又怎樣？瑪麗亞嘉兒會推出新唱片，這一年本來很沉悶，有這個消息，我才覺得有期待、有希望啦！」

黃 SIR 笑說：「年年都有新希望。」

大家談得久了，肚子也餓了，笑著說快些吃飯才對，吃完了在酒樓門口道別。黃 SIR 看來興致很高，笑著叫他們保重保重，說有空再相約他們喝茶。

他們看著他腋下夾著報紙，步履有些蹣跚走上了斜路，才一起乘小巴到紅磡逛街，到小葉外婆的家坐一會，下午才各自回家去。

(2)

自由工作，自由自在……
「心中百感交集，好像早已忘記的一個心願……」

在家工作，雖說自由自在，但父母時而為生活瑣事拌嘴。

小小單位沒有睡房，只有櫃子間隔出來的空間。小李和妹睡在客廳靠邊的雙層床，下面有一個書桌位置，是小李對著電腦工作的地方。

譯好了的文稿有時寄出去，有時傳真給翻譯社，要到樓下屋邨的郵筒或文具店，視乎數量和是否緊急。收入不能說是穩定，但足夠每個月的開支所需，也能夠定時給父母家用。父親有些微言，說還是找份朝九晚五工作最好，但也沒有怎麼反對，母親向來不大理會這些。

凡事講求合作愉快。小李一向到期日前交貨，主管感到頗為滿意，工作源源不絕，收入也與日俱增了。

有天晚上，整理一下書桌抽屜底，無意中翻出一疊稿紙，是高中畢業前在校內寫的習作，寫是小時候遇到的一次意外。

小李捧著稿紙，心中百感交集，好像早已忘記的一個心願⋯⋯

小李坐下來，把文稿讀了一遍，心裡湧出一陣喜悅。

打開電腦，開了一個文檔，逐個字打進去，打了好幾百個字。

此後上午做完翻譯，下午到小小圖書館，把想到的內容寫進初稿，晚上又是逐個字打進去。

一個星期下來，完成了一章，總算有了一個起步。

（3）

同事百態，交頭接耳⋯⋯

「黃 SIR 懂得這麼多，若不是身體不好，早已開創一番事業！」

「老李？」

「老葉？」

「是我！」是小葉尖銳的聲音：「你等等！別掛線！我會開三人會議，接通陳小君的電話！」

幾秒之後，同時聽到兩把聲音：「喂？」「喂？」

「聽到了，」小李答：「大家有什麼想說？」

「還有什麼？還不是畜牲一樣的學生？」小葉沮喪得不能再沮喪。

「我那幾班不至於很差，」陳小君笑了出來，說：「有個別一心與我作對的，我便天天放學找他們麻煩，煩得不敢再找我麻煩為止！」

小葉呱一聲叫：「你有幾年經驗，又有辦法，把他們折磨得死去活來。我自問沒有這份本事！」

「你以為來得容易？」陳小君怪叫一聲：「頭兩年不知多慘，簡直是血淚交織！」

「有空傳授我一兩招，」小葉哀求似的聲音：「我的反應不夠快，不懂得應付他們那些怪招，尤其是一班男生，盡說些下流的骯髒話！」

「其實男生容易應付，女生發起瘋來，比男生難處理一萬倍！」

「我也怕。」小李說。

「你？你早已脫離苦海！」小葉說。

「我頂不住了，」小李說：「學校行雙班主任制，賴 SIR 已經替我擋了很多。」

「你那班中四，比起中三那些怪獸，還算有個譜。」陳小君說。

「可能吧，」小李說：「隔鄰課室潘 SIR 那班……」

「中二 D 班？」陳小君問：「聽說都像初生猴子，吵呀跳呀沒一刻停下來！」

「他們實在吵得像個市集，」小李想了一想，說：「有次我禁不住出去看看，碰巧潘 SIR 捧著習作回來，一身襯衣西褲看起來非常名貴，問我是不是有什麼事呢？我說，我聽到那聲浪很大，想看看課室裡發生什麼事。他非常明白般笑笑，說讓他來處理可以了。我不便管人家的事，回到自己的課室，但那聲浪不但沒有靜止，反而吵得更兇，有人還大叫。我想，難道他們當班主任透明？我見潘 SIR 應對得體，以為他會應付得來，誰知……」

「同事說，他那班很難處理的。」小葉說。

「聽說他跟校長不咬弦，」陳小君說：「校長故意把最糟糕的一班給他。」

「有這樣的事？」小葉不大相信說：「校長看上去人很好，不像是耍手段的那種人。」

「人不可以貌相，」陳小君反駁她：「聽說潘正耀港大畢業，料子很好，私底下在補習社兼職。校長知道了很不高興，覺得他一心二用，於是把最難啃的骨頭丟給他！」

「什麼？」小葉尖聲的叫：「這很卑鄙！」

「他運氣不好，」陳小君嘆口氣說：「換了是我，乾脆全職做補習社，也可以轉到另一所學校！」

「我問過他，」小李說：「上次我回校探望同事，他還要說，接手的男教師應付得很好，可見我的那班不難處理，比起他那班更是小巫見大巫。我說，既然處境這樣艱難，為什麼不嘗試找工呢？他說他正忙著搬屋，怎麼分身去轉工呢？我沒有問，搬屋和轉工有什麼關係？兩件事不可以同時做？……」

「隨便找個理由。」陳小君說。

「他聽我說在官校代課，問是不是每個月多幾百塊。我只說應該是吧，我沒怎麼理會那些。他像有些取笑，好像說連這也不知道？」

「你剛開始代課，不清楚有什麼出奇！」小葉呸的一聲。

「有同事代我的課，說那班人面目可憎，替我感到難受，潘 SIR 倒說得輕描淡寫。」

「聽上去像個可憐蟲，在學校只和戴 SIR 友好，兩個人經常像討論什麼機密。戴 SIR 一身運動服，他一臉嚴肅靠著櫃子斜身站著，一個手肘頂著一隻手叉腰，一口喝盡手中那瓶蒸餾水的樣子，看上去像什麼大機構的總裁。」陳小君說。

「那天我探完同事，踏出走廊走著，他準備下樓梯取車，回頭見是我，刻意伸長脖子看過來，像要我看到他滿心憐憫同情……我這個什麼都不懂的小子。本來快要轉身出校門，忍不住回頭對他喊了一聲──自欺欺人！」小李哈哈一笑。

「學校有這許多怪人！」小葉怪叫一聲。

「你忘了？那次陸敏詩戲弄你，不是說『若是我就不留在這所垃圾學校啦，快些去日本學日文』？」陳小君問。

「哼！我就是把日文書放在桌上，又跟女生說日文！」

「你是她們的眼中釘。」

「不氣死她們我不甘心！」小葉怒氣沖沖。

「我想找別的學校，可能進修圖書館學，出路也會闊些。」

「這樣也好，」小李說：「你呢？老葉？會不會進修日文？」

「只是興趣，」小葉說：「我也問過黃 SIR，我說我大學畢業，只拿師範畢業的人工，我不甘心！黃 SIR 說，學位教師教席有限，又說我根本不喜歡教書，早日想想轉行是正常！」

「誰都看得出！」陳小君說。

「黃 SIR 懂得這麼多，若不是身體不好，早已開創一番事業！」

「聽他說，年輕時體質太弱，年紀大了毛病更多。」

「他住的地段很靜，」小李說：「他在家中看書、讀報紙、看電視⋯⋯」

「我補習時經過，很好。」小葉說。

「你介紹我去了。那時星期一至五代課，星期六補習。」

「多賺零錢買唱片影碟，不好嗎？」

「我補完習，立即乘小巴到旺角買。」小李哈哈的笑。

「後來怎的不做？」

「一來很倦，二來那個小子很懶。」

「那也是，他不怎麼留心。」

「黃 SIR 說歡迎找他談天，叫我把他的電話給大家。」陳小君說。

(4)

文化巨人，聞所未聞……
「是文學，但不是最高級的文學！」黃 SIR 忽然說。

小李撥個電話給黃 SIR。

「是你，好嗎？」

「不錯。你呢？黃 SIR ？」

「我有什麼？教書、放工、回家、休息。」黃 SIR 的聲音透出一絲疲倦。

「你家裡很靜。」

「是，我太太不在，我一個人在書房看書。」

「不覺得悶？」

「怎麼會？我最愛看書。」

「你看流行的書嗎？」

「譬如？」

「金庸的武俠小說？」

「是文學，但不是最高級的文學！」黃 SIR 忽然說。

「是有文學評論家認為，武俠小說不算是文學……」他說。

「我認為有些是文學，有些不是，視乎作品的寫作技巧，但武俠

小說自有其限制！故事當然可以虛構，但人怎麼會懂得武功？說是有民間特色也說不通！《西遊記》的孫悟空是神話人物，《水滸傳》是真實歷史人物，《三國演義》有些怪力亂神，《紅樓夢》裡有通靈寶玉的奇幻，可是不能說現實沒有這些人物。古代的人懂得武術，但不是出神入化的武功，所以，即使寫得怎樣出色，也不算是第一流的作品！」

「即使有文學表現手法？……」

「對，金庸有一定文學修養，但我不覺得他寫得很好，不少場景看來差不多……反觀梁羽生很多作品，那章節標題的文采，像寫對聯那樣工整，中國文化的修養更為深厚，像《七劍下天山》就寫得很好！」

「國文科老師也這樣說。」

「是不是？識者自然懂得分辨高低，」黃SIR的精神好像來了：「他有沒有說，金庸小說不少橋段都是打了又不打？」

「有的，但武俠小說不是……」

「不，古龍和梁羽生的作品的鋪排不同，」黃SIR說：「市面上有許多分析金庸小說人物的書，可以說有一定參考價值，但將層次提升到『金學』，那些完全可以置之不理……《紅樓夢》博大精深，是中國柔性文化的百科全書。金庸的十四部作品加起來也萬萬不及！」

「預科國文科老師的看法也差不多。」

「對了！」黃SIR好像拍了一下大腿，說：「只要唸中文中史出身，不會看不出這一點！我也教過預科中史科，教出了好幾個拿甲級成績，

什麼精讀參考書我全看過，學生的習作從哪一本抄來我全知道！話說回來，我不是說金庸將歷史背景加進去，創作虛構的故事會混淆歷史真實，不是！那反而是他出色的地方，像《射鵰英雄傳》的南宋金國蒙古，結合郭靖和楊康的故事，加上東邪西毒的角色，算是寫得不錯的一部作品，但他的成功得力於電影和電視劇，否則是不會有這麼多讀者⋯⋯」

小李忽想，古龍和梁羽生的作品也改編過？

「還有一點，」黃 SIR 又往下說：「人人談論金庸小說，卻很少提他作品中的民族主義！他的《書劍恩仇錄》，寫反清紅花會的陳家洛是漢人，是乾隆的親生兄弟，要他改服漢人衣冠，訂下反滿復漢的盟約，一舉推翻滿清皇朝，可是清廷與回族大戰，最終乾隆背棄盟約，兩幫人在京師決一死戰，主角因為香香公主而心灰意冷⋯⋯書中滿漢兩族不相容，滿族回族不相容，漢族回族也不相容，那不是民族主義是什麼？你唸近代歷史，民族主義是不是好事？第一次世界大戰因什麼而起？」

小李想，陳家洛不是因為漢人哥哥當皇帝，變相成了漢人皇朝而放棄推翻滿清？

「查良鏞出身左報，《書劍》在《新晚報》連載，後來自立門戶創立《明報》，本來那是一份小報，後來與左報筆戰，辦的報紙變了大報。他反對文革，寫了一部《笑傲江湖》，你知道他寫的日月神教是什麼？東方不敗和任我行的你死我活，那幫派內部影射的是哪些人物？文學作品不應涉及政治，何況拿來當作政治宣傳品？」

小李又想，《一九八四》和《美麗新世界》是什麼呢？

「《明報》現在稱為知識份子報……」他說。

「社論一向是查良鏞寫的，不過我不是貶低他，撇開觀點角度，他的社論不見得很有文采！這份報紙我只是慣了看，不是覺得有什麼特別的好！你唸現代文學，知不知道民國到如今，寫社論最好的是梁啟超！他的《飲冰室文集》，博古通今，真是一流！」

「中學好像讀過一篇。」

「那你要看看！」

「說到金庸作品，《鹿鼎記》算不算創新？」小李又問。

「不算什麼，」黃 SIR 一口斷定：「文學從來不是這個樣子的，不過現在非常流行，一般人就以為那就是文學。」

「你的說法，與劉以鬯在《酒徒》中的看法差不多。你有讀過這部作品嗎？」

「沒有。」黃 SIR 說。

「哦，」小李有些失望：「他堅持純文學創作，作品要創新才有價值……」

「在香港，從事純文學創作非常艱難，」黃 SIR 嘆了口氣：「辦純文學雜誌更加艱難，注定曲高和寡知音稀。我看過他的一些連載小說，是有一定的技巧，可是懂的不外乎拉丁美洲那些，能不能在當代文學佔一席位，那還是很難說的。」

「文學有高雅和通俗之分？」

「當然有，唐詩宋詞元曲，你覺得有沒有分別？三種體裁都有傑作和劣作，但是整體來說，唐詩宋詞優雅得多，元曲是最俗的……」

「預科的國文科也這樣說。」

「對了！」黃 SIR 好像拍了一下大腿：「你學校的老師不錯！」

「她說，這是港大研究元曲學者的觀點。」

「是有這麼一個人……」黃 SIR 好像搔了搔頭。

「又說有學者批評李白最力，對杜甫推崇備至。」

「識貨之人，」黃 SIR 笑說：「你真幸福，遇到啟發你的老師。」

「有人說，流行二字帶貶義，四大奇書也非常流行……」

「是經得起時代考驗與否，」黃 SIR 的語氣回復嚴肅：「你別看倪匡和亦舒寫什麼上千萬字，又什麼幾十本作品之類……我一本也沒有看過！為什麼？因為不入流嘛！」

「你沒看過……」

「看過報上的連載，」黃 SIR 的反應很快：「倪匡空有異想天開的本事，文筆卻差劣得很，故事沒錯是構思新奇，情節非常吸引，但沒有什麼文學表現手法，譬如首尾呼應、對比、映襯、人物外表和心理描寫，充其量只是通俗小說。亦舒比他哥哥好些，但她只能寫當代題材，古代的她從來不沾手。兩兄妹缺乏中國文學根基！沒有什麼書卷氣！」

「你說的最後兩句，跟國文科老師說的一樣……」

「哈哈！」黃 SIR 這回真拍了拍桌子，說：「是不是？未夠班就是未夠班！」

「若干年後，你會在香港文學史見到一個名字，那多少百本作品，經過時代淘汰，還會剩下多少本？」黃 SIR 反問。

「總有好的……」

「舉個例子，八十年代的流行曲，是不是盛極一時？可是我跟你說，當中有幾多首，曲詞皆臻上乘，足以流傳後世的呢？」

「這個……」

「你以為是《愛情陷阱》？《夏日寒風》？《少女心事》？」黃 SIR 又說：「不是！要從藝術成就來判斷！不知道有多少歌曲，不大流行，曲詞都非常優美。呂方到台灣發展的國語碟就很好，比起人人說好聽的張學友好！」

「可是，流行尚且做不到，怎樣認識它的好處呢？李白、杜甫、蘇軾、李清照的作品傳誦一時……」

「《唐詩三百首》經過時代洗禮，有些在當時萬家傳誦，有些是後人發掘結集成書，看傑作應該看《全唐詩》。」

「你似乎看重不流行的，但現在資訊發達，誰又是潦倒的梵高呢？以流行曲為例，最流行的已經深入民心……」

「三百年後的人未必，」黃 SIR 耐心解釋：「若本身沒有價值，將來也沒有價值，就像出國外訪時，唱兩句意大利文的那個，真不知道他在幹什麼！」

小李想了一想，問：「你怎樣看鄧伯伯？」

「這個人？可說是混帳到極！」黃 SIR 忽然激動起來。

「什麼？」小李大大愕然：「他不是推動改革開放，大大改善了人民的生活？」

黃 SIR 不答：「總之，混帳到極！」

小李摸不著頭腦。

「你一個人在家，不悶？」他又問。

「難得耳根清淨，」黃 SIR 說：「我和太太有一個兒子，他到了英國唸大學。去年他跟我說，同學放暑假都去玩了，只有他呆在宿舍溫書，覺得很寂寞、很苦悶。我安慰他說，你所度過的這段時間，將來可能會覺得最是珍貴！」

「我很懷念，圖書館看故事書的日子……」

「是，」黃 SIR 說：「我對他說，你還要考畢業試，只要捱過去就是，日後到社會工作，想有個清閒日子也難！」

「有沒有去探望他？」

「我乘不了飛機，太辛苦。他大學一年級暑假回來，但這兩年沒有。我叫他專心唸書，別老嚷著要半工讀，有我從香港匯款給他。」

「學費很貴。」小李伸伸舌頭：「你怎樣匯錢給兒子？」

「我用渣打銀行，」黃 SIR 笑笑說：「因為客戶經理還當我是大客，那間獅子行匯豐，哈！存三百萬進去，也不當你是一回事！」

「我只用匯豐恒生基本戶口。」

「別要叫我排隊,」黃 SIR 嘆了口氣:「人老了,真的不中用了!」

「別這樣說,」小李說:「人生積累的智慧,不是年輕的能夠懂得。」

「晚了,我去睡了。」

「有空再談。」

那個晚上,小李把黃 SIR 的話想了很久,有很多地方不明白。

(5)

同事,親疏始終有別……

「我兒子替你們開檔案呀!」黃 SIR 直指著他們說。

寫了三個多月,把文稿翻看了兩遍,然後到文具店影印,寄到一間出版社去。

不久收到回音,負責人打電話來,叫小李到出版社面談,說願意出版這個短篇小說。

小李很高興,想不到有機會出書,開心了好幾個晚上。

電話如常響起。

「老李!黃 SIR 問我們喝不喝早茶!」一把尖銳的聲音。

「同一個地方?」小李問。

「黃 SIR 說不想到處找。」

「陳小君呢？」

「她也會去。」

到了約定的早上，小李乘地鐵往觀塘途中，回想兩年前上班情景。那是很快樂的一段時光，感覺學生和自己都很年輕，好像回到無憂無慮的日子。

三個人早到了。黃 SIR 笑容滿面，談笑風生，不知和她們在談什麼。

「大家好嗎？」小李坐下來。

「好！怎麼不好！」小葉搶著答：「有個新款手袋開賣！下星期撲去銅鑼灣 SOGO 買！」

「你這個名牌痴，」陳小君笑她：「別辭職了，買手袋高跟鞋遊日本去！」

「你呢？不是買了條絨毛頸巾？千五元！」小葉白她一眼。

「那天天氣很冷，披了回校，你這也看不過眼？」陳小君怪叫。

「你那一身行頭！」小葉翻翻白眼：「那棕色套裝裙！那對皮靴！像忽然變了個貴婦！」

「我不是穿給誰看的，我要去朋友婚宴！」

「你是！你是向我們炫耀！說起這個，我還有些氣你！」

「她是不是無理取鬧……」陳小君啼笑皆非。

「我不懂名牌。」小李說。

「當然要小心，否則一定替你們開檔案！」黃 SIR 插嘴說。

「什麼？什麼檔案？」小李聽不清楚。

「我兒子替你們開檔案呀！」黃 SIR 直指著他們說。

小李一頭霧水。

「黃 SIR 的兒子考進了 ICAC，當上了調查主任！」小葉說。

「恭喜，兒子學業有成。」小李笑說。

「小心用錢，莫被發現收入與開支不相稱！」黃 SIR 呵呵笑說。

陳小君臉色稍稍一變。

小葉笑著說：「好呀！有免費咖啡喝！我一定不停添飲，至少喝它十杯八杯！看看廉署有多少個英俊小生！」

「我兒子有女朋友！」黃 SIR 哈哈的笑。

「我不會看中你的兒子！叫你兒子介紹給我！」小葉眨眨眼說。

「別做夢！」陳小君扁扁嘴。

「教書有什麼不好？生活圈子簡單，不比私人公司複雜。你是男人，在紀律部隊工作，下了班還滿腦子公事？當然想有個溫暖愉快的家！」

「有時我想一直教書。」小李說。

「你說真的？」黃 SIR 嘆了口氣，說：「好不容易脫離苦海，做自己想做的事，又想跳進另一個深淵裡去？」

「有份正職，收入穩定，工餘發展個人興趣……」

「你現在不可以？」黃 SIR 有些動氣，說：「要找全職工作，哪一行也可以！何必回到校園？除非你真的喜歡教書，一心作育英才，那又不同！」

「我想進修。」

「唸工作相關的課程。」黃 SIR 說。

「你不是說，讀書是為了興趣？」小李問。

「想唸什麼？」

「傳媒學，想當記者。」

「記者薪水不高，一般工作時間很長，視乎是動態還是靜態。港聞記者跑新聞，何止鐵腳馬眼神仙肚，要看有沒有鐵打一樣的體魄！」

「總比教書好，」陳小君苦笑說：「學生越來越不像樣。」

「那是教育制度問題，」黃 SIR 嘆了口氣，說：「我不是說填鴨不填鴨，我想說，九年免費教育不是不好，但學生太過理所當然……若教育當局收他們學費，至少由中學開始。學生知道唸書要付學費，是不是會比較用功？到時還要說那麼多大道理？」

他們對望一眼。

「有不少清貧的……」小葉說。

「不分階層有機會唸書。」小李也說。

「是學生不懂珍惜！」黃 SIR 搖搖頭。

「基層家庭的負擔更重，高中要收學費，學生還不是一堆爛泥……」小葉也說。

「那就出來社會做事，一來不會浪費父母金錢，二來早些自食其力。」

「與我無關，」陳小君抱著手說：「最要緊每個月出糧，快些儲好一筆首期買樓！」

「你一心想著買樓，」黃 SIR 問她：「真想做地產商的奴隸？」

「一買一賣，各取所需。」

「住公屋不好？」

「黃 SIR 你不知道……我一家五口，父母佔了唯一的睡房，幾姊妹從來沒有私人空間。兩年前遷個大些的單位，大姊姊佔了一間，我和妹妹仍是上下格床，像十幾歲的時候一樣。我媽是個什麼也不放心的人，整天探頭過來，看看我們做些什麼。我沒有什麼心願，只想有個自己的空間……」

「明白。」小李說。

「黃 SIR，覺不覺得李嘉誠是成功商人？」小葉問。

「他和我一樣是潮州人，以前做山寨塑膠廠出身，後來招股集資，生意越做越大，開始買入土地，改行做地產生意，公司上市掛牌，又和匯豐銀行合作，入股和記黃埔，又趁英資怡和周轉不靈，入股港燈，將

鴨脷洲發電廠改建，就是海怡半島，賺了個盤滿砵滿！八十年代末那件事之後，人家撤資他投資，在北京起了個東方廣場，接著收購加拿大赫斯能源石油，賺大錢賺到外國去！說到賺錢，他真的賺了很多！」

「真的很棒！」

「其實是一班智囊的功勞，」黃 SIR 略略搖頭，說：「他一個人懂得幾多？又是收購，又是上市，又要看準時機，還有匯豐同意融資，天時地利人和缺一不可！他學歷不高，靠的是自修和多看書！他當然是個成功的商人，業務遍及地產、零售、超市、公用事業……但我不覺得他本人十分出色。」

「中國人的傳統智慧，懂得用人……」小李說。

「你想說他像劉邦？」黃 SIR 笑說。

「不是……」

「我不理這些，結識富豪的兒子就好！」小葉一臉如夢似幻。

「又做白日夢！」陳小君笑罵。

「想想不可以？」小葉又噘起了嘴，說：「現實是這麼殘酷！」

「現實是，你和我都被地產商剝削！」黃 SIR 看破了紅塵般，笑說：「你們想想，香港的樓房值不值這個價錢？我知道他們怎樣建樓，不過像砌積木似的組裝！一千元投得的地皮，賣八千元一呎！一個個都在謀取暴利！」

「很多人擔心前景不好，賣樓移民到外國去。你會移民嗎黃SIR ？」小葉問。

「一來不適應外國生活，二來是因為我愛國！」

「有件事告訴大家，」小李說：「我會出版一本短篇小說。」

「是嗎？老李！你很棒啊！」小葉啊的一聲。

「他一向喜歡看小說。」陳小君說。

「你寫什麼？」黃 SIR 有些驚愕。

「一個小故事。」小李笑說。

「想不到你寫東西，」黃 SIR 一笑：「恭喜恭喜！」

「我中學時開始投稿，」小李說：「報章校園版，《星島》、《明報》、《東方》……」

「幾百字散文那些？」黃 SIR 問。

「是，也參加暑期徵文比賽，入了圍沒拿獎。」

「你肯寫已經很好，」黃 SIR 笑了一笑：「寫自己熟悉的事，文筆慢慢鍛鍊。」

「別說這些，一陣子去哪裡逛街？」小葉嚷著。

「你說呀……」陳小君沒好氣。

「我說你們……」黃 SIR 也加入。

(6)

高人指路，茅塞頓開⋯⋯

「⋯⋯這就是高明的寫作技巧！是筆法，是技法！是舖排！」

短篇小說出版了，出版社在校園推廣，書局也有一些銷路，可能會印行第二版，不過只有五百本。小李不大在意這些，有機會出版一本小書，已經感到十分滿足。

小李取了黃 SIR 的地址，把小書寄了出去。

黃 SIR 的電話很快到。

「收到你那本書了，」黃 SIR 的語氣愉悅：「謝謝！」

「你讀了沒有？覺不覺得很幼稚？」

「沒所謂幼稚不幼稚，」黃 SIR 說：「不過有兩個問題：一是書名，你遇到意外是住院，不是留院，二是文字⋯⋯」

「怎麼了？」小李緊張得很。

「你寫的是十二三歲的事？」

「是啊。」

「你有部分文字太文言了，不像是個初中生說的話，即使不是對話，文字也過於文言，與作品的體裁不相適應。你寫你媽媽的一句『殷殷垂詢』，你知道『垂詢』是什麼意思？是古代皇帝詢問大臣政事！所以說，單是用字，單是煉字，已經要下一番苦功！」

「哦，」小李想了想，說：「我只想把文字寫得簡潔些，沒有想過這個問題，書中的自己喜歡讀章回體小說，會不會無意中表現了這一點？……」

「也太文言了。」

「可以修改一下。」

「還有……」黃 SIR 猶豫一刻問：「那是不是如實記錄？」

「那是真實經歷，」小李說：「加插了一些虛構片段。」

「這還好些，」黃 SIR 說：「否則只算是紀實作品，像紀實文學那一類，像《唐山大地震》等作品。」

「小書怎能相比……」

「還有幾段，用了不少刪節號，有些意識流的手法，」黃 SIR 說：「你的讀者應該初中生？他們知不知道你幹什麼？」

「我也想過，那是一個少年人的思考，內容看得明白，只是用這種方式表達。」

「嗯，」黃 SIR 又說：「若你從事兒童文學創作，可以看看阿濃的作品。我讀過他一個短篇，寫兒子在病床掛念家人，從病房望出去走廊的人，見醫護人員推著病床，人家的父母焦急地看著，由此想到父母還未到醫院，不禁流下一滴眼淚。這種表現手法值得參考一下……」

小李想，黃 SIR 不知道，他不是想寫兒童文學，只是年幼時的經歷，下個大綱是寫中五畢業後的事。

「另外，我寫少年人在夜裡思考，以詩歌式散文的文字表達，也想寫起來有些文采……」

「其實不用堆砌文字，即使你不是，」黃 SIR 又說：「外國人說故事非常出色，像《聖經・創世記》中，阿伯拉罕納妾的故事，那個使女替主人生了兒子，開始小看自己的主母，到主母也生了兒子，把她和她的兒子趕走。她在一個曠野迷路，皮袋的水也喝光了，把孩子撇在一棵樹下，兩母子放聲大哭……」

「那意思是……」

「那意思是？」黃 SIR 反問：「想想那個女人有多慘？」

「啊……」

「是不是很深刻？讀過一定記得，用的字卻很淺白？」

小李想了一想。

「這才是要點！」黃 SIR 又說：「《聖經》中的《詩篇》也寫得很美，雖然我不相信上帝。」

「寫作……」

「我也訂閱文學雜誌，包括內地的《人民文學》，記得有篇寫一個男人，暗戀一個年輕女子，可是對方從來沒留意過他。那個女的和男朋友同居，住在男人家的隔壁。那間舊屋日久失修，可說是雞犬相聞。作者描寫男方心理的煎熬，真是入木三分，這就是高明的寫作技巧！是筆法，是技法！是舖排！」

「魯迅的《故鄉》，主角廿年後回到故鄉，見到童年的好朋友閏土，怎知閏土恭敬的叫他一聲『老爺』。主角『似乎打了一個寒噤』……

那個寒噤，直是刻印在讀者腦海裡！」

「說得很對。」小李點頭。

「他對孔孟儒家之說興趣不大，他讀魏晉時代的作品不少，有一兩篇雜文論清談時代，什麼魏晉風度文章藥酒關係的……他喜歡讀《世說新語》，一篇篇短文言簡意賅，非常精警。魯迅的作品就是一針見血！他是紹興人，安昌一帶所謂紹興師爺刀筆吏，那幫人很有智慧，能言善辯，文字功夫尤其厲害。魯迅自小耳濡目染，他又在三味書屋學習，古文根基極好……你有空看看他的《朝花夕拾》那篇《從百草園到三味書屋》。你也可以看看他的散文詩《野草》，比起現代意識流更出色！」

「有人說，他的文字蘊含中國文化奧祕……」

「對！還有《二十四孝圖》、《無常》、《五猖會》、《阿長與山海經》幾篇，不是對中國文化有最深刻認識，絕對寫不出來！他在北京紹興會館住，研究和抄寫金石拓碑，對古代文化認識之深厚，現代作家之中無人能及，更不用說現在還會有這種人？」

「道家思想是中國人思想的底蘊，不是儒家或佛家思想……道家源自老莊學說，與民間道教不同，可是你會看到，道教才是中國人的宗教，人家做法事破地獄的是道士，夾雜了佛家的的超度，但主要的還是道家。除了魯迅，沒有人指出過這一點！」

「他怎樣說？」

「他在一篇雜文寫，人往往憎和尚，憎尼姑，憎回教徒，憎耶教徒，而不憎道士，懂得此理者，懂得中國大半……他只是略略觸及此點，不算是深刻之論，但點出了中國人的精神底蘊！」

「預科國文老師說，論者將白先勇與魯迅相提並論，不過她以《藥》來說明，開首描述夜裡小屋的情景，幾句話勝過白先勇華麗的詞藻……」小李說。

「我有些想認識你的老師！魯迅代表中國文化的精神，不純粹是用字的高低，即使寫作技巧同樣高超，那是完全不同的層次。白先勇比較西化，一些作品有希臘神話的寓意，加上他本身的同性戀傾向……我不是評論他的性取向，不過說到作品的精神層次，跟魯迅完全是兩碼子的事！」

「老師也介紹余光中的作品……」

「陳之藩的散文比余光中好，文字樸素真摯，像巴金的《隨想錄》中的那篇《懷念蕭珊》，情深意切，平凡中見偉大，非常感人，而不是表現駕馭文字的能力！」

「說到古文修養，自己實在淺薄，除了唐詩宋詞，嘗試看《古文觀止》……」小李說。

「讀書的事，懂得多少便多少！一個人的興趣在什麼地方，他最熟悉的就是那些事物！你最喜歡讀什麼書？」

「我喜歡《三國演義》和《東周列國誌》。」

「你一定熟悉書中情節和人物！說起古文，我最愛讀《文選》！梁朝太子蕭統和十學士編選的那套，選入的詩、賦、騷、詔、冊、表、牋、檄、上書、史論、墓誌、祭文……都是上乘之作！《文選》的注疏也非常好讀！現在沒有一本書比《文選》更好！」

「有沒有看過陳鼓應教授註釋的《莊子》？」

「不見得非常高明，沒仔細看。」

小李咋舌。

「其實……」黃 SIR 欲言又止：「不知你想不想聽……」

「請說。」

「我不是叫你庸俗，不過，不妨寫讀者有興趣的東西！」

「你的意思是……」

「目的是叫人認識你！」

「我正在想。」

「我把這些告訴了你，也要你去嘗試和摸索才行……」

「你懂得這麼多……」小李說。

「我嘛，我年紀大了，天天忙這忙那，早已沒有時間……」黃 SIR 乾笑兩聲。

「撥些時間出來……」

「寫作需要非常安靜的環境，」黃 SIR 不住嘆氣，說：「我說過，我太太一天到晚吵個沒完，不去回應她會生我的氣，試問我哪裡有時間呢？」

小李不禁笑起來。

「還有你說，你想到報館當記者，你想清楚才好。你是一個男人，將來要養家糊口，要想個清楚明白！」

「我也在想⋯⋯」小李說:「黃 SIR,你對小書還有沒有意見?」

「唔⋯⋯若這是你第一次嘗試,又有人肯出錢投資的話⋯⋯」

小李靜默一會,然後說:

「明白,黃 SIR,謝謝你。」

(7)

事實,勝於一切雄辯⋯⋯

「⋯⋯主要看意志夠不夠堅定,當然也看當時的機會、際遇、人脈⋯⋯
我只想說⋯⋯只要看事實就一清二楚的了。」

大約半年後。

「老李?」

「又怎麼了?」

「黃 SIR 約我們吃午飯。」

「又是觀塘?」

「不是,是我住的那區。他約我們在一個公園等。」

「星期六見。」

那天近中午,他們三個約定乘小巴,下車後發覺陽光耀眼。走進
公園,很快見到了黃 SIR。他戴了鴨舌帽,一身輕便衣服,穿了一對
運動鞋,看起來年輕了不少,與教室裡的形像不大相同。

他揹著一部相機，一看便知是高檔單鏡反光機。

小葉笑問：「黃 SIR，你的相機是膠片還是數碼？」

「膠片，我喜歡舊式相機的效果。數碼相機不是不好，我也買了兩部，只是解像方式完全不同！」

「你特地來公園拍照？」

「今天早上晨運，到附近遠足徑散步，知道這個公園雀鳥品種多，所以帶了相機拍山徑拍鳥兒。」黃 SIR 笑說。

說著，對著樹梢上的相思鳥連拍。

「鳥兒一眨眼會飛走！」他說。

他們三個看著他拍。

「來，」黃 SIR 對他們說：「給你們也來拍幾張！」

「我們？」小葉說：「我塗了口紅，沒有化妝……」

「算了吧，」陳小君沒好氣：「你穿的裙子也好看，不像我只是牛仔褲，老李只是運動衣褲！」

黃 SIR 一揮手說：「來吧！」

他們一排站好，臉上展現笑容，等黃 SIR 說「一、二、三」拍了幾張，又叫途人替四個人也拍了。

黃 SIR 把顯示屏給他們看，相中的人笑容愉快。四人並排的那幾張，黃 SIR 脫了帽子，回復平日他們見到的樣子。

「記得把相片給我們！」小葉叫。

就在這個時候，一個小男孩跑過來，追著姊姊吹出來的肥皂泡。他不住笑著跳著，不時發出尖叫，又不時哈哈的笑。

黃 SIR 二話不說，微微屈身，舉起相機，對著小男孩連拍了幾張。小男孩毫不為意，繼續笑著追著叫著。

黃 SIR 仍未滿足，又按下快門拍了好幾張。

他們三個對望一眼。

小男孩見到一個氣球，哈哈笑著轉頭去追，氣球在空中飄呀飄的，忽高忽低捉摸不定，小男孩又是笑又是尖叫……

黃 SIR 見機不可失，舉起相機連環快拍，看上去像小男孩的祖父，不放過孫兒捕捉每一刻的動作。

一個身穿套裝的女士過來，看來是小男孩的母親，由得黃 SIR 拍了好幾張，才上前和黃 SIR 談了一會，似乎是問黃 SIR 取聯絡資料。黃 SIR 低聲和她說了幾句，看來是在回答她的問題。兩個人表現得非常文明有禮。那位女士把一張字條放進手袋，然後挽著小男孩的手走了。

他們看到彼此眼中疑問。

黃 SIR 過來笑著說：「你們見到了？小孩子的神情和動作，一瞬即逝，要反應及時和夠快，才能夠捕捉那份天真爛漫！那個小男孩追著肥皂泡的樣子，才是最難捕捉得好！我今天用的是 Canon，用 Nikon 捕捉動作會更好。」

「黃 SIR 經常這樣拍？」小葉問。

「是啊！」黃 SIR 呵呵笑說：「我景物也拍，人物也拍。不少人像剛才那位女士，問我取聯絡電話，叫我把相片沖印多一份給他們！」

「原來這樣。」

黃 SIR 又拍了一會園景。

他們三個站在一旁，臉上像寫著一個問號。陳小君默不作聲，小李和小葉找些話題說著。

那天吃了午飯，黃 SIR 笑著說聲再見，說要去尖沙咀和太太會合。

他們三個向他揮揮手。

那天晚上，小葉又來個三人會議。

「你們看到了嗎？」小葉的聲音透著不安。

「怎會看不到？」陳小君反問。

「你們怎樣看？」

「我非常震驚，」陳小君低聲說：「黃 SIR 突然舉起相機，拍那個小孩子……」

「我著實吃了一驚。」小李也說。

「沒錯啦！」小葉的尖聲回來了：「你們覺得有沒有問題？那樣突如其來的拍人家的孩子，人家很容易誤會你是什麼人……」

「綁匪。」陳小君沒精打采說。

「黃 SIR 拍幾張應該夠了。」小李說。

「不是那位女士看到，只當拍了風景，未必會告訴人。」陳小君說。

「我也這麼覺得！」小葉尖聲說：「不應該隨便的拍！那是人家的隱私！」

「試試拍一名彪形大漢？」陳小君輕笑一聲。

「人家的女朋友？」小葉尖聲問。

「會釀成一場毆鬥。」小李說。

「我很害怕！不知怎樣面對黃 SIR ！」小葉的尖叫聲不停。

「當沒事算了。」陳小君說。

「黃 SIR 在學校有沒有古怪的舉動？」小葉緊張兮兮問。

「我只見過，陸敏詩回到教員室，不停嚷著快餓死了。黃 SIR 聽到，拿起一袋嘉頓麵包，問她吃不吃。陸敏詩看了一眼，說聲不吃趕快坐下了。黃 SIR 聳了聳肩，放下那袋麵包，拿起茶杯到茶水間去，臨出教員室門前，還望著陸敏詩笑笑，像看著不懂事的女孩子⋯⋯」陳小君邊想邊說。

「黃 SIR 居然對她那麼好？」小葉大叫著問。

「他說，他兒子開我們的檔案？」陳小君問。

「我覺得有些難受。」小葉無奈說。

「我不知說什麼好。」小李說。

「是不是黃 SIR 身體不好，未能闖出一番事業，被迫委曲求全，精神有些壓抑？黃 SIR 懂得這麼多，又這麼有才華……」小葉看似想不通。

「天生條件不好的人很多。」陳小君說。

「同意，」小李說：「但也要看意志夠不夠堅定，當然主要看當時的機會、際遇、人脈……我只想說，李嘉誠就是李嘉誠，黃 SIR 就是黃 SIR，只要看事實就一清二楚的了。」

小葉和陳小君嘆了口氣。

(8)

拋開過去，闖出新天地……

「魯迅不是說，年輕人應甩開包袱，掙脫傳統鎖鏈桎梏？

寫作，不就是寫最熟悉的事物？

創作，不就是天馬行空，任意馳騁，盡情發揮一己所長？」

出版社負責人通知小李，半年內小書印了三版。

小李感到又驚又喜，真的沒有想過會有銷路，又收到幾封讀者來信。小李逐一仔細的看，又逐一的回覆，經出版社轉交來信者。

有空到書局逛逛，三聯出版了魯迅精選作品集，想也不想買了下來，一口氣讀了兩本，隨即寫下個人感想，投稿到《明報》週末副刊，居然給刊登了出來，又是一個驚喜，還收到些少稿酬。

　　有空也到 KPS 租影碟買唱片，外國的另類音樂樂隊也買來聽。陳小君又說他陷入瘋狂狀態。小李哈哈的笑，寫了篇挑選美版唱片的心得，投稿到影視店出版的雙周刊，又給登了出來，沒有現金稿酬，只有幾張租碟贈券。

　　晚上有空看電視劇集。金庸的《天龍八部》又重拍了，吃晚飯時津津有味和家人追看……真男子漢大丈夫喬峰，為天下蒼生福祉，頂天立地，大義凜然宣告說：「兵凶戰危，世界豈有必勝之事？」以死脅迫耶律洪基下令，終生不許遼軍一兵一卒越過宋遼疆界，換回兩國數十年和平，之後以斷箭自盡於雁門關外，不禁叫人滴下男兒淚。

　　真是古今罕有曠世胸懷。

　　鄧小平逝世週年紀念。電視播出生平紀錄片，又訪問各地華人社會，不少對他實行改革開放，改善人民生活表達深切懷念。

　　黃 SIR 會說什麼呢？

　　小李寄出幾封求職信，有報館，有翻譯社，也有出版社，最終出版社聘了他當助理編輯。一來是自己興趣，二來工作沒有記者的忙，工餘又可做兼職翻譯，真是一舉三得。

　　小李沒對他們說的是，想當記者，是為了增廣見聞，又可訓練文筆，但途徑可真多著，不需要熬夜到零時十分吧。

　　過了半年，小葉打電話來，說黃 SIR 想約大家喝茶。

　　小李想了想，叫她對黃 SIR 說，他轉了工非常忙碌，你們開開心心喝茶去吧。

又過了大半年，陳小君打電話來，說黃 SIR 很想見見小李，多談大家感到興趣的事。

小李升了職當編輯，忙得透不過氣來，想也沒想便推卻了。

此後與志同道合者合作，電話也改了號碼，再沒和小葉小陳聯絡。

有天晚上，看有線電視新聞報道，教師在政府總部舉行集會抗議。記者訪問的那位教師，居然是很久沒見的黃 SIR。他滿頭白髮，舉起抗議標語紙牌，對電視台記者說：「這位局長，不但不懂教育，還對教師多番出言侮辱，上任後的政策朝令夕改，教師工作量極為繁重，全港學校上下做得透不過氣，實在無法不走出來表達不滿……」電視鏡頭所見，黃 SIR 思維清晰，表達恰如其分，記者聽著不住點頭。唯獨見他行動有些不便。

小李關上電視，打開電腦，寫一個暑期工的故事。魯迅不是說，年輕人應甩開包袱，掙脫傳統鎖鏈桎梏？寫作，不就是寫最熟悉的事物？創作，不就是天馬行空，任意馳騁，盡情發揮一己所長？

想起中學好友，小李向他們發短訊，畢業後幾年沒見了。

沒多久收到回覆。

約定晚上吃喝玩樂。

網絡之間

作　　者：伍卓文

編　　輯：林　靜

封面設計：燒

出　　版：紅出版（青森文化）

　　　　　地址：香港灣仔道 133 號卓凌中心 11 樓

　　　　　出版計劃查詢電話：(852) 2540 7517

　　　　　電郵：editor@red-publish.com

　　　　　網址：http://www.red-publish.com

香港總經銷：聯合新零售（香港）有限公司

出版日期：2024 年 3 月

圖書分類：流行文化 / 文學小說

ＩＳＢＮ：978-988-8868-27-8

定　　價：港幣 88 元正